머큐리 테일

머큐리
테일

김달리

소설집

Mercury
Tail

팩토리나인

차례

나의 테라피스트

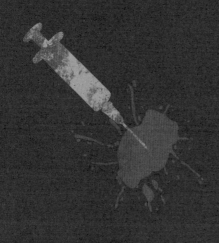

◆

혀끝에 덧난 돌기처럼 미라는 그것을 이로 쓸어
정확히 뭉개버려야 잠을 이룰 수 있을 것 같았다.
순간은 지독히 아프지만 지나고 나면
아무것도 아닌 것.

"언니, 여기로 좀 빨리 와줄래?"

"어디니?"

"압구정 갤러리아 백화점 1층 명품관 앞이야."

"알았어."

영선은 더 묻지 않고 전화를 끊었다. 알았다는 영선의 대답을 듣자마자, 미라는 금세 안도했다. 영선은 집에서 뭘 하고 있었던 간에 곧장 택시를 타고 달려올 것이다. 조금만 참으면 돼, 미라는 익히 배운 명상 호흡을 시도했다. 들숨과 날숨, 코 안쪽과 바깥쪽을 간지럽히는 숨결의 기운을 느끼며 천천히 숨을 쉬었다. 다른 사람은 몰라도 미라에게는 절대 오지 않을 것 같던 갱년기가 찾아오면서 실내 어디서고 예고 없이 공황 증세가 찾아왔다. 스트레스를 받을 때마다 오던 백화점에서마저 숨이 막혀버리니 이렇게는 살 수 없다는 생각이 들었다. 이렇게 살지 않으면 어떻게 살 건데, 하는 생각도 함께.

마음에 쏙 들었던 코트가 너무 긴 게 문제였다. 발끝을 넘어 바닥에 질질 끌리는 길이는 160센티미터 중년 여성의 표준 키를 모욕하는 수준이었다. 미라는 코트를 바닥에 벗어 던졌다.

"어머, 그러시면 안 돼요!"

직원의 새된 목소리에 자기도 모르게 손이 올라갔다. 금방 미라가 사과하긴 했지만, 내부에 있던 직원들이 모두 미라를 향해 다가왔다. 요즘엔 모든 게 예전 같지 않았다. 내가 이곳에서 쓴 돈이 얼만데. 미라는 보안요원에게 쫓겨나 매장을 나왔다. 따귀를 맞은 예쁘장한 직원이 눈물을 흘리며 시발이라고 욕을 했다. 입속말이었겠지만 그런 말들은 어째 나이를 먹을수록 잘 들린다. 삽시간에 모두가 자신을 향해 손가락질을 하는 것 같았다. 문제는 내가 아니라 너무 긴 코트였어. 내 문제가 아니야. 미라는 같은 생각을 강박적으로 되뇌며 병원에서 처방받은 신경안정제 대신 민트향 사탕을 입에 넣었다. 시장을 다녀온 영선이 언젠가 챙겨준 것이었다. 영선은 늙을수록 약에 의지하지 말라고 뇌가 점점 일을 안 하게 되어 더 빨리 늙는다고, 차라리 단걸 먹으라고 했다. 하지만 화한 민트향도 미라의 기분을 깨워주지는 못했다.

멀리서 오는 영선을 보자 미라는 풋, 하고 웃음을 터뜨렸다. 영선은 걱정과 달리 환하게 웃는 미라를 보고 어리둥절한 표정이었다.

"언니야, 앞치마를 하고 나오면 어떻게 해. 내가 다 부끄럽다."

미라의 말에 영선이 자신의 앞섶을 내려다봤다. 아이고, 우리 미라 부끄럽게. 영선은 제 이마를 탁 치더니 면구스러운 미소를 흘렸다. 미라는 영선의 허리춤에 꽉 묶인 앞치마를 풀었다. 깔끔한 스트라이프 무늬가 있는 하얀색 앞치마는 여기저기 얼룩이 져 있었다. 다른 색으로 바꾸라고 말해도 영선은 하얀색을 고집했다. 오래 일했다고 느슨해지면 안 된다면서. 미라는 그런 영선의 태도가 고맙고 때로는 고귀하게 느껴지기까지 했다. 보기 드물게 바지런하고 인간적이고 한결같은 사람이었다.

미라는 기분이라며, 영선의 거친 손을 잡아끌고 방금 전자신을 내친 명품 매장에 들어갔다. 불편해 죽겠다는 얼굴을 한 영선의 어깨에 억지로 소가죽으로 만든 빨간색 핸드백을 걸쳤다.

"도대체 나한테 왜 이래? 이번 달 내 월급 안 주려고 그러지?" 영선은 농담을 가장해 고맙다는 말을 두서없이 했다.

"언니한테는 하나도 안 아까워." 미라는 진심을 담아 말했다.

어느새 미라를 둘러싼 사방의 강고한 벽들은 물러나고 지신이 가장 편안하게 느끼던 평소 그대로의 공간으로 탈바꿈되어 있었다. 따귀를 맞았던 아까 그 여직원이 "고맙습니다, 고객님" 하고 깍듯하게 인사를 건넸다. 영선에게 팔짱을 끼며 미라는 끄덕 인사를 받았다.

미라의 남편 최섭은 영선을 못마땅해했다. 그는 줄곧 영선 대신 좀 더 싼 조선족 가정부를 쓰자고 의견을 제시했지만, 미라에게 조금도 먹혀들지 않았다. 남편에게 수시로 두들겨 맞고 다음 날 아무렇지 않게 기분을 맞춰주는 미라가 강력하게 주장한 최초의 고집이었다. 20년의 시간이 흐른 지금 섭은 미라의 고집대로 영선을 계속 '사용'한 것이 잘한 일이라고 생각했다. 조선족 관련 범죄 뉴스를 볼 때나 우울증에 시달리는 아내를 보듬어줄 때, 하루가 멀다 하고 괴상

망측한 사고를 치는 아들을 마음껏 구타하고, 뒤처리를 해주는 것도 미라가 아닌 영선이었다. 영선은 어쩌면 이 집안에서 가장 필요한 인간 중 하나였다. 그런데 최근 들어 최섭은 영선이 불편해졌다.

"아줌마 내보내자. 내가 좋은 사람 알아냈어." 최섭이 미라의 늘어진 가슴께를 지분거리며 말했다.

미라는 그의 배려 없는 희롱에 지끈거리는 관자놀이를 꾹 눌렀다. 지운을 낳고서 두 사람은 한 번도 잠자리를 갖지 않았다. 섭은 미라를 법적인 아내, 사업 자금책, 그리고 지운의 엄마로만 인식했다. 뭔가 원하는 게 있을 때만 미라에게 선전포고식으로 몸을 유린하듯 더듬었다.

마침내 미라가 끄응 하고 거친 숨소리를 내며 섭의 어깨를 밀어내며 물었다. "왜?"

"사람에게는 다 운 때가 있는 법이야. 아줌마 작년에 아들이랑 노인네 연달아 보내고, 곧바로 큰 수술 했지? 자궁 들어냈던가? 생각해보니 요즘에 지운이도 이상해. 그런 추잡한 짓거리는 안 했잖아. 애들 패는 거야, 우리 집안 내력이라 해도 말이야. 사업도 작년부터 힘들어지고 요새 아줌마 얼굴 볼 때마다 속이 울렁거려. 우리 집 불운은 그년이 다 몰고 오는 거 같아."

섭은 나름대로 그간 생각해온 말들을 미라에게 늘어놓았다. 이게 사업가라는 작자의 입에서 나올 말인가, 미라는 생각했다. 지운이는 너를 닮아 원래 개차반이었고 문어발식으로 늘어놓은 네 사업은 문어대가리 지능 수준도 안 되는 네 탓이었다. 미라는 협탁 서랍에서 아스피린을 꺼내 쓴물처럼 올라오는 말들을 간신히 삼켰다.

"그게 왜 언니 탓이야? 불행한 사람 제물로 쓰는 거 아니야. 당신 그거 인권 침해야."

미라의 말에 단박에 섭의 상스러운 욕설과 주먹이 날아왔다. 인권 침해. 그건 최섭이 제일 싫어하는 단어였다.

"해단아."

처음에 미라는 잘못 들은 줄 알았다. 다시 "해단아" 하고 영선이 지운을 그렇게 부르자, 미라는 뒤뜰로 이어진 발코니로 나가 영선과 지운을 지켜봤다. 지운은 쌀쌀한 초겨울 바람에도 민소매 운동복 차림으로 얼마 전에 설치해준 농구대에서 혼자 놀고 있었다. 다니던 고등학교에서 잘린 아들이었다. 잦은 싸움박질도 지쳤는지 여자애 하나를 데리고 동급생을 시켜 강제 추행을 주도했다고 한다. 여자애는 심지가 강한 아이였고, 결코 사과하는 법을 모르는 지운에게 사과를 받겠다고 집으로 혼자 찾아왔다.

"못생긴 애들이 성격도 더럽다니까."

평소 지운이 말하던 것과는 달리 여자애는 맑고 예뻤다. 미라의 편견이겠지만, 그런 일을 겪은 사람처럼 보이지 않았다. 지운이한테 제대로 된 사과를 받아야 제가 저 스스로한테 당당할 수 있을 것 같거든요, 라고 말했을 때 요즘 애들은 저렇구나 했다. 저런 딸이 있으면 참 좋겠다는 생각도 했다. 여자애는 지운의 사과를 받지 못했다. 미라가 대신 사과하며 적지 않은 합의금을 건넸다. 고소도 취하되었다. 여자애가 다녀갔다는 소식에 영선이 흥분했다. 다 끝난 일을, 얼마나 더 지운이를 괴롭히고 싶어서 그러는지 모르겠다고 했다. 언니야, 그건 아니지 않나? 미라가 반박하려고 했지만, 그릇을 치우는 영선의 곧추선 등을 보며 입을 다물었다. 왜 내 새끼 일에 제3자인 영선이 중립을 지키지 못하는지 그 태도가 불편했다. 그놈 새끼 군대 갔다 오면 달라져, 돈 많이 줬어? 남편마저 태평하게 말하며 넘긴 일인데 말이다.

영선이 지운에게 샌드위치를 만들어주었나 보다. 한입에 절반을 집어넣고 입이 큰 지운이 히히 웃었다. 지운은 영선이 자신을 해단이라고 부르든 강아지라고 부르든 신경 쓰지 않는 눈치였다. 지운에게 영선은 할머니 같은 존재였다. 마음껏 응석을 부려도 받아주고, 점점 늙어가는 영선을 보며 속상해했다. 겨울이 찾아오면 요즘엔 잘 있지도 않은 호떡 가게를 찾아 영선이 좋아하는 호떡을 잔뜩 사다주었다. 그 때마다 미라는 아들의 사람다운 구석을 발견하고 놀라기도 하고, 동시에 서운한 마음이 들기도 했다. 미라는 엄마로서 그 마음을 슬쩍 내비친 적도 있었다.

"엄미는 항상 아픈 척하면서 학교에 오질 않잖아."

지운의 일갈에 미라는 헛웃음이 났다. 중학교 때까지만 해도 부리나케 학교를 달려간 미라였다. 사고의 수위가 점 점 세지면서 미라는 사고의 내막을 듣고 싶지 않아 귀를 틀 어막고 학교 대신 정신과로 달려갔다. 자신의 아들이 창의 적이라고 말할 수 있을 만큼 다양한 방법으로 타인을 괴롭 힐 줄은 몰랐다. 미라는 비위가 약했다.

우연히 본 영화에서 사이코패스 아들을 둔 엄마가 공사장 앞에서 유모차에서 우는 아들을 두고 올 때의 심정을 백번 이해할 수 있었다. 할 수만 있다면, 아들을 잃어버린 영선에 게 지운을 버리고 싶었다. 그렇지만 그래도 그건 아니지. 언 니야.

"너도 샌드위치 먹을래?" 영선이 물었다.

미라는 손짓을 까닥까닥하며 영선을 가까이 오라고 불렀

다. 집 안으로 들어온 영선에게서 식은 땀 냄새가 희미하게 풍겼다. 방금 전까지 들러붙어 있던 지운의 땀 냄새였다.

"언니, 해단이가 누구야?" 미라는 알면서도 그렇게 물었다.

영선의 표정이 눈에 띄게 나빠졌다. 스스로에게 놀란 눈치였다. 움푹 팬 입매가 한마디도 하지 못하고 우물거렸다. 뭘 보는지 흐릿한 눈동자가 금붕어처럼 끔벅거렸다. 언젠가부터 염색을 그만둔 백발의 앞머리가 눈을 찌르는 모양이었다. 영선이 언제 이렇게 늙었지? 처음으로 미라는 그런 생각이 들었다.

어제는 두 번, 오늘은 여섯 번이나 지운을 해단이라고 잘못 불렀다. 미라의 말을 영선이 의도적으로 무시하고 있는 것 같았다. 영선은 한 번 주의를 준 것은 두 번 다시 하지 않는 말 잘 듣는 진돗개 같았는데, 급성 치매라도 걸렸는지 똑같은 실수를 계속했다. 분명 섭도 영선이 아들의 이름을 잘못 부르는 것을 들었다. 하지만, 섭은 그보다 더 급한 것이 있었는지 전화 한 통을 받고 곧장 지운을 불렀다. 위스키를 스트레이트로 세 잔 연거푸 비운 후에도 지운은 2층에서 내려오지 않았다. 호래자식이. 섭이 화를 내며 구석에 구타용으로 보관 중이던 골프채를 들었다.

"언니, 지운이 데리러 간 거 아니야?"

일촉즉발의 상황에서 미라가 비명처럼 내질렀다. 마침 영선은 커다란 호접란 화분을 들고 거실을 지나가고 있었다. 영선은 골프채를 들고 곧 괴물로 변신할 준비를 하던 섭과 모난 눈으로 자신을 힐난하는 미라를 보고 당황했다.

"정신을 얻다 두는 거야?!" 미라가 소리쳤다.

그사이를 못 참고 섭이 영선을 밀치며 두어 계단을 한 번에 뛰어올라갔다. 영선도 상황을 깨닫고, 섭을 따라 올라갔다. 미라는 참을 수 없이 화가 났다. 해단이라고 불러줬어야 지운이를 찾으러 갔을까. 몇 분도 지나지 않아 아들의 악에 받친 비명 소리가 대리석 바닥을 타고 들려왔다. 지난번에 맞아 부러진 갈비뼈가 아직 붙지 않았을 텐데, 지운이가 더 이상 갈 수 있는 학교가 없다는 걸 확인한 남편의 폭행이 하루가 다르게 강도가 세졌다. 학교도 안 가니 때려도 알 사람이 없다고 생각하는 건가. 화풀이인 건가. 뭐든 좋게 끝났으면 하고 바랐다. 이미 좋은 상황이 아닌데도, 미라는 그런 바보 같은 염원을 했다.

"때리지 마라!"

그때 영선의 울부짖는 음성이 들렸다. 영선의 가래 섞인 명령에는 비밀스러운 힘이 들어 있었다. 하지만 안하무인인 섭에게는 조금도 먹혀들지 않았다. 섭이 스윙을 한 번 날릴 때마다 지운의 비명도 함께했다. 아들의 비명은 어미에게 죄책감을 주려고 작정한 듯 어느 때보다 길고 아프게 이어졌다. 미라는 후들거리는 다리를 겨우 지탱하고, 활짝 열린 지운의 방으로 들어갔다. 예상치 못한 풍경에 미라는 입을 틀어막고 냅다 섭을 어깨로 들이박았다.

"여보, 미쳤어?!"

골프채가 반동으로 날아가 스탠드를 깨고 바닥으로 떨어졌다. 지운의 울음은 영선을 향한 것이었다. 영선이 지운을 꽉 안은 채 온몸으로 막아주고 있었다. 지운을 대신해서 흠씬 두들겨 맞은 건 영선이었다. 섭의 두 손이 달달 떨렸다. 미라뿐 아니라 그 역시 놀란 건 마찬가지였다. 다시는 집안일에 참견하지 말라고 영선에게 경고했지만, 이 싸움에서 진 사람은 섭이었다. 영선과 지운이 죽음을 앞둔 연인처럼 단단히 손깍지를 하고 있었다. 미라도 빈틈없는 그 세계에 낄 순 없었다.

그날 밤, 섭과 지운은 경찰서를 갔다. 미라는 푸르스름하게 멍이 든 영선의 몸에 연고를 발라주며 대강 전해 들은 사실을 말해주었다. 함께 노는 친구 중 한 명이 자살 시도를 했다는 것과 발견된 유서에는 지운의 이름이 거론되었다는 것.

"언니 아들은 사람 하나 살리고 세상을 떴는데, 우리 아들은 사람 하나 죽여야 끝이 나려나 봐." 미라는 자조적인 얼굴로 웃으며 말했다.

무심코 아들의 방을 청소하다가 옷장 구석과 침대 밑에서 동물 사체를 발견하는 일이 종종 있었다. 미라는 기함을 하고 쓰러졌고 말없이 뒤처리를 하는 건 영선의 몫이었다. 왜 그랬느냐고 지운을 추궁하면 궁금해서, 실수로, 혹은 자신을 물어서라고 말했다. 흑요석같이 영롱하던 눈빛은 탁해졌고, 그 일들을 들켰을 때만 이상하게 빛났다. 미라는 아들의 머리가 커갈수록 무서워졌다.

"그런데 지운이가 안 그랬어. 보혁이랑 다른 애들이 먼저 시작했고 지운이는 구경만 했대. 걔들 지운이랑 못 어울리게 해야지, 학교도 못 가는 애를 맨날 불러대니 지운이가 심심해서 안 나가고 배겨? 지운이 취미생활 같은 거 하게 해 줘. 농구 말고 마음 깨끗하게 할 수 있는 걸로. 네가 그림 가르쳐줘도 좋겠다." 영선이 말했다.

남편을 통해 들은 사건을 영선은 이미 알고 있었다. 보혁이란 친구는 누구고, 어떻게 그렇게 잘 알고 있는지 미라는 궁금하고 질투가 났다. 영선이 대답 없는 미라의 표정을 곁눈으로 살폈다. 한참 만에 미라는 "응" 하고 대답했다.

"쉬어. 아프면 내일 아침에 병원 가자."

"매타작이야 너만큼이나 나도 베테랑이야." 영선이 힘없이 웃으며 대꾸했다.

그 표정이 썩 개운치가 않았다. 혀끝에 덧난 돌기처럼 미라는 그것을 이로 쓸어 정확히 뭉개버려야 잠을 이룰 수 있을 것 같았다. 순간은 지독히 아프지만 지나고 나면 아무것도 아닌 것.

"언니, 우리 집에서 언닌 없으면 안 되는 사람이야. 내가 많이 아껴. 지운이도 그렇고."

미라의 말에 영선이 손을 뻗었다. 퉁퉁하고 굳은살로 세상 못생겼지만 따뜻했던 손. 미라는 그 손을 잡을 수가 없었다. 말을 꺼내려니 가슴이 찢어지는 것 같았다.

"남편이 언니한테 그럴 줄 몰랐어. 충격이야. 내가 사과할게. 언니, 올해가 21년째지? 우리 집 일 그만두고 좀 쉬어."

"내가 뭘 잘못했니?"

영선의 못생긴 손이 허공에서 떨어져 주먹을 쥐었다. 이름도 기억나지 않는 누군가의 소개로 영선과 함께한 세월이 스쳐 지나갔다. 아들의 초중고 입학식을 함께했고, 미라가

교통사고로 두 달을 내리 입원해 있을 때도 병수발을 들어
줬다. 남편의 매질에 이혼하라는 쉬운 참견 대신에 약을 발
라주고, 자신 역시 두들겨 맞았다고 오래된 상흔들을 내보
인 함께 늙어가던 여자.

"아니, 언니는 항상 잘해줬어."

금세 미라의 목소리에 물기가 어렸다. 그럼에도 미라는
의지하던 지팡이를 부러뜨리고 싶었다.

"……지운이가 날 찾을 텐데."

"지운이 아기 아니야."

"그래."

더 이상 영선 쪽에서는 말이 없었다.

이튿날 아침, 평소보다 늦게 일어난 미라가 냉장고 문을
열었다. 열을 맞춰 정리된 내부에 라벨지가 붙어 있었다. 갓
김치, 멸치볶음, 재운 양지머리, 삐뚤삐뚤하고 조심스러운
글씨체였다. 맞춤법을 틀릴까 봐 흘려 쓴 영선의 필체, 그렇
게 영선이 떠났다.

영선의 말대로 지운은 주동자가 아니었다. 기절 놀이라고
했다. 자살을 시도한 아이는 원래 함께 노는 무리의 아이였
다. 처음에는 목을 졸랐을 뿐인데, 곧장 기절해버리는 모습

이 재미있어서 계속하다 보니 정도가 심각해졌다. 아이들은 돌아가며 그 애의 뒤통수를 가격했고 수시로 목을 졸랐고, 기절하면 영상을 찍어 바지를 벗겼다. 치약을 묻힌다거나 혹은 성기에 본드를 발라놓았다. 그러고는 한참을 낄낄거렸다. 순식간에 그 애는 무리에서 친구였다가 장난감이 되었다. 지운은 주로 휴대전화로 영상을 찍었고, 단체 채팅방에 올려 자신의 작품을 자랑했다.

미라는 학부모들 사이에서 공유된 영상을 보며 한없이 바닥을 치는 마음을 다잡을 수가 없었다. 지운의 꿈이 영화감독이라는 것이 기억나자 구역질이 나왔다. 아들의 그림자가 보일 때마다 흠칫흠칫 놀라곤 했다. 영상 속 지운의 웃음소리가 뇌리에 박혀 떠나지 않는 나날이었다. 모성과는 거리가 먼 감정. 증오, 역겨움과 두려움이 한꺼번에 소용돌이쳤다. 아들의 눈을 똑바로 볼 수가 없었다. 어느 순간 미라는 있지도 않은 영선을 찾았다.

"언니야."

영선과 함께 집안일을 도맡아온 아줌마가 난감한 표정으로 와서 뭐 필요한 게 있느냐고 물었다. 서로가 민망한 순간이 계속됐다. 미라와 달리 지운은 한 번도 영선을 찾지 않았다. 대신에 도가 지나치는 짜증과 히스테리를 부렸다. 영선과 함께 오래 일한 아줌마에게 싸움을 거는 일이 잦았다. 때 이른 진눈깨비가 내리던 날, 지운은 한 손에 검은 봉지를 들고 들어왔다. 그건 뭐냐는 미라의 물음에 지운은 "아……" 하고 혼자 감탄사를 내뱉었다. 쓰레기통에 검은 봉지를 떨구고 허전해진 두 손을 점퍼 주머니에 꽂아 넣고는 2층으로 올라갔다.

아들의 등이 눈발에 푹 젖어 있었다. 미라는 쓰레기통에서 검은 봉지를 꺼냈다. 고소한 기름 냄새가 풍겨왔다. 영선이 좋아한 길거리 호떡이었다.

아들의 방은 허물 벗듯 대충 쌓아둔 옷들로 너저분했다. 한쪽에 담배꽁초가 쌓여 있었고, 잡동사니들로 책상은 더러웠다. 미라는 옷가지를 들어 냄새를 맡아보고 빨랫감을 분류했다. 이불을 싸매고 누운 아들은 꿈쩍도 하지 않았다. 영선의 빈자리를 자신만큼이나 지운도 느끼고 있었다. 미라는 조심스럽게 아들이 누운 침대 끄트머리에 엉덩이를 붙였다.

"언니 잘 있대. 널 보면 언니가 죽은 아들이 생각나나 봐. 그래서 더 못하겠다고 하더라."

움직이지 않던 아들이 이불을 내리고 미라를 쳐다봤다. 기절 놀이 사건 이후, 아들의 눈동자를 제대로 들여다보는 것은 처음이었다. 지운의 눈은 불꽃을 튕겨내고 있었다. 너도 나를 증오하고 있구나. 미라는 두려운 마음에 급하게 몸을 일으켰다. 반쯤 침대에서 일어난 지운의 팔뚝에 못 보던 것을 발견했다. 타투이스트가 심혈을 기울여 새긴 초상화였다. 인자한 눈매와 곱슬거리는 헤어스타일, 두텁게 자리한 광대와 미소 짓는 입술. 영선이었다. 미라는 자신도 모르게 손을 가져가 영선의 얼굴을 지우듯 세게 문질렀다. 지운이 미라의 손길을 뿌리쳤다.

"문 닫고 나가."

"팔뚝에 그런 걸 왜 새긴 거야?"

미라는 질투심에 눈이 먼 헤라처럼 지운을 흔들고 닦달했다. 정말 타투가 지워지지 않는다는 것을 믿고 싶지 않은 듯 바닥에 뒹구는 티셔츠를 집어 마구 문질렀다.

"재수 없게 이게 뭐니?"

"건들지 마!"

지운이 소리를 지르며 미라를 밀쳤다. 미라는 밀려 나가 엉덩방아를 찧고 멍하니 지운을 바라봤다. 아들은 빨개진 팔뚝을 힐끗 보더니 미라를 잡고 밖으로 끌고 나갔다. 미라가 끌려 나가지 않으려고 발버둥을 쳤지만, 체구가 좋은 아들에게 힘 싸움은 어림도 없었다.

"이거 어디서 해줬어? 미성년자한테 이딴 거 막 해줘도 돼? 거기 어디야?"

미라의 악다구니에 지운의 얼굴이 노란 기를 띠며 눈동자가 번뜩거렸다.

"나, 엄마 용서 안 해. 아무리 찾아도 없어. 영선이가 나한테 그럴 이유는 없는데…… 엄마였어. 그렇지? 엄마가 범인이야."

"뭘?"

지운이 얼굴을 일그러뜨렸다. 미라의 어깨를 꼭 쥔 양손에 엄청난 악력이 느껴졌다. 아들은 종잇장처럼 비틀거리는 미라를 일으켜 계단 앞에서 멈췄다. 금방이라도 밀 것처럼 아들은 짓궂게 미라의 상체를 밀었다가 당겨왔다.

"아악, 하지 마!"

그가 수도 없이 가지고 놀다 죽인 고양이처럼 미라는 앙칼지게 울었다. 미라의 비명에 아래층에 있던 주방 아줌마가 나와 두 사람의 소동을 황당하게 보고 있었다. 모자간 새로운 연극이라도 벌이는 것인지 헷갈려하는 얼굴이었다. 지운이 미라의 두 팔을 뒤로 꺾어 잡은 채, 활시위처럼 상체를 앞으로 밀어버렸다. 당장 아들이 손만 놓으면 미라는 금방이라도 계단으로 떨어져 데굴데굴 구를 참이었다.

"엄마한테 그러면 못써." 장난이 아니라는 걸 깨달은 주방 아줌마가 말했다.

두려움보다는 수치심이 미라의 머릿속을 지배했다.

"가요. 당장 꺼져!"

미라는 싸움 구경에 신났으면서 억지로 웃음을 참고 있는 주방 아줌마에게 소리를 질렀다. 하지만 주방 아줌마는 모처럼 흥미로운 눈요기를 포기하고 올라갈까 계단참에서 망설이고 있었다. 자신의 팔을 붙잡은 지운의 손이 느슨해지는 것을 느꼈다. 미라는 고개를 돌리고, 보이지 않는 아들의 표정을 살피려 노력했다.

히힛. 바람 빠진 웃음소리가 낮게 들려왔다. 동영상 속에서 웃던 웃음소리였다. 내가 괴물을 낳았어. 내가 괴물로 키웠어. 의심의 싹이 단단히 뿌리를 내리고 활짝 꽃을 피웠다. 지운은 미라를 조롱했다. 참담한 기분에 온몸의 기운이 쑥 빠졌다. 지운은 손을 확 끌어당겨 장난을 그만두었다.

"괜찮아?" 웃음기를 거둔 지운이 물었다.

긴장이 풀려 바닥에 주저앉은 미라는 지운을 향해 사정없이 따귀를 쳤다. 지운은 아픈 기색도 없었다. 영선을 찾아오라고 했다. 엄마가 내보낸 것을 알고 있다고, 내가 먼저 찾기 전에 반드시 찾아와야 한다고 했다.

"너한테 그 노인네가 뭔데 이래?"

"영선이는 엄마가 절대 줄 수 없는 걸 줬어."

지운은 더 말하지 않았다. 미라가 줄 수 없는 그것이 무엇인지 미라도 잘 알고 있었다. 그건 모성이라는 이름의 낡고 오래된 가치, 대상이 형편없는데도 모든 걸 수용해야만 하는 사랑, 비정형으로 만들어진 모든 것의 이름이었다.

"네가 한 짓을 생각해. 어떻게 널 사랑할 수가 있겠이? 언니도 그래서 간 거야. 사실은 말이야. 그 동영상, 내가 보여줬거든. 네가 무섭대. 무서워서 같이 못 있겠대." 미라는 지운을 저주하며 거짓말을 했다.

지운은 진실을 가려내는 유능한 탐정이라도 된 듯 미라의 눈동자를 살폈다. 가해자 주제에 당당하기는. 미라는 아들을 비웃으면서 목덜미 솜털을 바짝 세우고 긴장했다. 한순간 지운이 무너졌다. 방금 전까지 엄마를 계단에 세워두고 위험한 장난을 쳤던 놈의 눈가와 코끝이 빨개졌다.

으아아악. 지운은 짐승처럼 포효하더니 이리저리 뛰고 발길질을 해댔다. 미라는 짐승이 자신을 표적으로 삼기 전에 서둘러 계단을 내려왔다. 등 뒤에서 어린아이처럼 우는 아들의 목소리가 들렸다. 오싹한 환희가 일었다. 승리란 이런 것이구나. 절대로 아들에게 영선을 돌려주지 않겠다는 다짐을 했다. 먼저 영선을 찾아야겠다.

* * *

　영선이 살던 주소지는 이미 오래전에 건물이 헐리고, 다세대 빌라가 들어서 있었다. 지운의 말대로 영선은 꽁꽁 자취를 감추고 숨어버렸다. 미라는 기억을 되살려 한 해 전에 해단의 장례식을 치렀던 병원을 찾았다. 해단은 물에 빠진 외할머니를 구한 뒤, 물로 잔뜩 부푼 장기들을 어쩌지 못하고 3일 뒤에 사망했다. 한 달 뒤에 해단이 목숨을 내놓고 구한 외할머니도 세상을 떴다. 그때 영선은 로드킬로 명을 달리한 새끼의 시체 잔해를 물고 다니는 한 마리 늙은 고라니 같았다. 개인 정보라 알려줄 수 없다는 직원의 완강한 거절을 듣고 나자, 미라는 비로소 영선이 그리워 미칠 것 같았다.

　'언니야, 어떻게 하면 날 용서해줄래?'

　병원을 나오며 미라는 행인들에게서 영선의 모습을 찾았다. 곱게 빗어도 구불거리는 곱슬머리와 뭐든 다 들어주던 내 사람. 찬바람이 선득하게 코트 안을 파고들었다. 미라는 영선이 그만뒀을 때, 한동안 말을 잇지 못했던 운전기사에게 사람 잘 찾는 사람을 데려오라고 말했다. 운전기사는 룸

미러로 힐끔 미라를 보며 고개를 끄덕였다.

미라의 집은 주인이 떠난 폐가처럼 생기를 잃었다. 아들에게 동영상을 보여줬다는 거짓말을 한 이후로 그나마 있던 일상적인 대화도 차단당했다. 매일 오는 아들의 카드 사용 문자로 그가 부안 바닥을 헤집고 다닌다는 것을 가정할 뿐이었다. 부안은 영선의 고향이다. 미라는 알지만 지운이 모르는 것은, 영선은 그 집 식구들과 연을 끊었다. 따라서 그 곳에는 영선의 그림자는커녕 머리카락 한 올도 나오지 않을 것이다.

부안 동물병원에서 24만 원이 결제되었다는 문자가 왔다. 지운이 뭘 하고 있는 건지 감도 오지 않았다. 미라는 아스피린을 문 채 카드가 긁힌 부안 동물병원에 전화를 걸었다. 젊은 여자가 전화를 받았다. 카드 내역에 관해 묻자, 한참 검색을 하더니 관계가 어떻게 되느냐고 물어왔다. 내가 카드 주인이라고 말하자 머뭇머뭇하며 대답했다. 강아지 세 마리를 안락사한 비용이라고 했다. 날카로운 쇳조각이 미라의 등골을 긁는 것 같은 불길한 전조에 서둘러 전화를 끊었다. 간밤에 최섭이 밑도 끝도 없는 매질을 했다. 괜찮지 않았다. 불행을 말할 사람도, 봐줄 사람도 없었으니까. 정말이지 언니가 필요했다.

"하영선을 만났습니다." 사내는 주름이 많고 검버섯이 핀 볼을 긁으며 말했다.

운전기사가 소개해준 사람 찾는 사람이었다. 한겨울에 얇은 모직 코트를 걸친 사내는 조금도 추운 기색이 없었다. 사내는 미라의 넓은 집을 한 번 둘러본 뒤 집이 춥다고 말했다. 사전적 의미였다.

"뭘 하고 있던가요?" 미라가 조바심을 비추며 물었다.

사내는 아이패드를 꺼내 사진 폴더에 들어갔다. 누군가 미행하며 마구 찍은 사진들 속에 영선이 보였다. 그사이 영선은 보기 좋게 살이 올랐고 웃고 있었다. 늘 입고 다니던 붉은 꽃이 정신없이 박힌 낡은 오리털 점퍼를 걸치고, 노인들 곁에서 풍경처럼 서 있었다.

"병원에서 간병인을 하고 있었습니다. 사모님이 찾고 계시다고 하니까 빙그레 웃으시더라고요. 마치 그럴 줄 알았다는 듯이요."

사진을 넘겨보던 미라의 손가락이 멈췄다. 영선의 뒤 배경에 보이는 초록색 간판불은 전에 미라가 다녀간 병원이었다.

"정이든 종합병원입니다. 하영선이 아들과 어머니를 차례로 보냈던 곳이요." 사내가 재미있다는 듯 덧붙였다.

그러니까 미라는 근접하게 영선이 있는 곳을 따라갔다. 개인 정보 따위로 영선에 대해 알아낼 수 없어 발길을 돌려야 했을 뿐.

"제가 찾는다니까 겨우 웃는 것뿐이었어요?"

미라는 영선의 태도에 배신감을 느꼈다. 한순간에 갑을 관계가 뒤집어진 것처럼. 조금만 더 참을걸, 하는 생각이 들었다. 영선이 빙그레 웃던 지그시 웃던, 웃는 건 웃는 거였다. 적어도 연락 한 번은 줘야 인지상정, 사람 된 도리였다. 미라는 주먹을 꽉 쥔 채 눈앞의 사내를 노려봤다. 사내는 조금도 위축되지 않았다. 벽면을 둘러보더니 뭔가를 찾는 눈치였다.

"가족사진이 없군요."

"벽이랑 분위기가 안 어울려서요."

"하영선 씨가 이 집 아드님 걱정을 하시더라고요. 정확히 에미란 것이 아들 미워하지 말라고, 하셨습니다."

사내의 말에 미라는 지금 꿈을 꾸고 있는 게 아닌가 싶었다. 영선의 머리가 어떻게 된 게 아니라면, 자신에게 그렇게 굴 수가 없었다. 한동안 말이 없는 미라의 반응이 흥미로웠는지 사내는 엉덩이를 뗄 생각이 없어 보였다. 영선의 생각에 빠져 있다가 사내와 눈이 마주쳤다. 눈앞의 의뢰인에게 하고 싶은 말이 있어 보였다. 뭘 알고 있는 사람처럼 의뭉스러웠다.

"주소는 문자로 보내드리겠습니다."

"감사합니다."

"하영선 씨가 최근에 노인성 알츠하이머 초기 진단을 받았더군요. 해단이가 보고 싶다고 했어요."

"해단이가 아니라 지운이겠죠." 조금 놀란 미라가 중얼거리며 덧붙였다.

나이 먹어 같은 실수를 반복하는 줄 알았는데 망령이 든 거였다니, 불쌍한 것. 미라는 처음 만난 마흔 살의 영선을 생각했다. 다섯 살 남짓한 아들을 손에 꼭 붙들고 면접을 보러 왔었다. 학교 앞에서 떡볶이 장사를 했다가 망했다고 묻지도 않은 얘기를 줄줄이 했다. 남편의 도박과 매질, 파산할 것도 없는 살림에 파산 신청을 했다고 하며 하하 웃었다. "사모님, 참 멋있으세요." 아마 영선은 높은 천장에 걸린 샹들리에를 보며 감탄에 차 한 말이었을 것이다. 하지만, 한 번도 그런 소리를 들어본 적이 없던 미라는 구김살 없는 영선이 바로 마음에 들었다. 불행한 시절의 한 소용돌이에 있으면서 그걸 모르는 듯 맑게 웃는 여자였다.

백치 같은 구석이 있는 그 여자에게 잘 어울리는 병이었다. 구해야지. 내가 그 여자를 거둬들여야지. 그런 생각들이 미라의 머릿속에 두서없이 들어찼다.

사내는 곧바로 자리를 털고 일어섰다. 그가 떠난 뒤, 미라는 2층 아들의 방으로 통하는 테라스에 나와 겨울의 짧은 해를 즐겼다. 날이 시푸르게 맑고 차디찬 바람이 두통을 기분 좋게 쓸어갔다. 미라는 테라스 구석에 버려진 아들의 농구공을 집어 들었다. 마당 한가운데 우뚝 선 농구 골대를 향해 농구공을 힘껏 던졌다. 골대는커녕 앙상해진 동백나무 가지를 건들고 툭 바닥으로 떨어졌다. 금방 어둠이 드리워질 것이다.

피아노 교습소의 간판불이 꺼졌다. 희끄무레한 여인의 형체가 시트지 뒤에서 움직이는 것이 보였다. 미라는 건너편 구립도서관의 돌 담벼락에 서서 잠시 얼음처럼 시린 바람을 맞고 있었다. 오후부터 다시 함박눈이 내리자 상가들이 옹기종기 자리 잡은 곳에는 인적이 드물어졌다. 미라는 일찍부터 도서관의 종합열람실에서 영선이 있다는 길 건너편 피아노 교습소를 살펴봤다. 영선은 해단이 차렸던 피아노 학원을 여태 가지고 있었다. 주황색 가로등이 힘들게 길가를 비추고, 아이들이 올 리 없는 교습소를 피난처 삼은 영선이

34

저녁 무렵에 돌아왔다.

　도서관 문을 닫는다는 안내방송을 듣고 미라는 재미없게 보던 소설책을 덮었다. 아주 오랜만에 미라의 심장이 두근거렸다. 헤어진 애인이 여전히 자신을 사랑하고 있는지 확인하고 싶은 미련처럼 두렵고 떨렸다. 그동안 입속말로 몇 번이나 언니를 불러왔던 미라였다. 미라는 길을 건너 영선이 잠들어버리기 전에 세게 문을 두드렸다.

　언니 내가 왔어. 날 기다렸지, 하고 말하듯.

　똑. 또옥. 똑똑.

　"누구세요……?"

　안쪽에서 불안을 숨긴 목소리가 여리게 들려왔다. 미라는 입술을 달싹였지만 아무 말도 하지 못했다. 누군지 알리면, 영선이 숨어서 나오지 않을까 봐 안달이 났다. 슬리퍼 끄는 소리가 나더니 희미한 사람의 형체가 곧 모습을 드러냈다. 실내 불이 탁 소리와 함께 켜졌다. 영선이 2단 의자 위로 올라가 붉은색 시트지 사이로 얼굴을 드러냈다. 미라는 가만히 서서 그 눈을 바라보았다.

　"언니, 나야. 미라."

　영선은 그대로 서서 아무렇지 않은 척 다정히 말을 거는 미라를 내려다봤다. 미라가 얼른 시선을 낚아채며 문을 열어달라고 손짓했다. 영선이 의자에서 내려와 자물쇠를 풀었다. 곧 유리문이 활짝 열렸고 영선이 나와 미라를 끌어안았다.

"세상에."

"어떻게 나한테 그럴 수가 있어. 일 그만두라고 했지, 연락 끊자고는 안 했잖아."

미라는 자신도 모르게 아이처럼 투정했다. 방금까지 이불 속에 있었던 듯 영선의 품은 따뜻해서 온갖 투정을 다 해도 들어줄 것 같았다. 영선의 눈이 금세 빨갛게 젖었다. 그 안에서는 어떤 불신 하나 찾아볼 수 없는 순수함이 깃들어 있었다.

"날 찾는다고 어떤 아저씨가 그러더라. 그런데 네가 이렇게 빨리 찾아올 줄은 몰랐다."

영선은 교습소 안에 가죽이 다 벗겨져 너덜해진 소파 중앙으로 미라를 안내했다. 방금 전까지 영선이 잠자리로 사용했던 듯 끄트머리에는 작은 베개가 놓여 있었다. 그 앞에 전기 히터가 윙윙 소리를 내며 열을 내뿜었다.

"차 같은 건 필요 없대두."

얇게 저민 유자 껍질이 머그컵 안에서 서서히 늘어졌다. 영선은 미라의 옆에 나란히 붙어 앉아 그새 생긴 몇 가닥의

새치를 만지작거렸다.

"무슨 걱정 있어? 얼굴이 많이 상했다."

"별일 없어. 언니, 치매라며?"

"별걸 다 알아봤네. 돈 쓸 데가 그렇게 없으면 나 좀 줘라."

미라의 걱정에 영선이 코웃음을 치며 말했다.

"치매가 참 이상하다. 요즘 들어 해단이랑 엄마 생각이 참 많이 나. 해단이 죽은 건 안 까먹는데, 엄마 죽은 건 금세 까먹어. 며칠 전에는 엄마랑 통화하고 싶어서 부안 집에 전화를 걸었어. 그 사람들이 나 싫어하는 걸 까먹고."

그 사람들은 영선의 형제들이었다. 영선의 어머니가 산에서 실족사인지 자살인지 의문의 죽음을 당한 뒤 형제들은 모두 영선을 의심했다. 여러모로 타당한 의심이었다. 영선의 아들 해단이 여름 계곡에서 물살에 휩쓸린 외할머니를 구하고 죽은 뒤 영선은 자신의 어머니를 미워했다. 집으로 오지 않는 영선이 걱정되어 영선의 집을 찾아간 미라는 버석하게 말라버린 영선의 어머니와 영선을 보고 놀랄 수밖에 없었다. 두 사람은 두 사람만의 지옥 속에 빠져 있었다. 며칠 뒤 팔순 노모는 영선이 매일 아침마다 한 바퀴 돌고 오는 야트막한 뒷산 초입 부근에서 주검으로 발견되었다. 자살로 결론지었지만, 모두가 영선의 짓이라고 했다. 영선은 순식간에 아들과 어머니, 그리고 부안에 있는 위의 두 오빠와 여동생들도 함께 잃었다. 그 사람들은 기회를 보다가 영선에게 염산을 부어 손등에서 팔뚝까지 이어지는 기다란 화상을 입혔다. 상처는 징그럽게도 아물지 않았다. 수시로 곪아 터지고 극심한 고열에 영선이 기절을 하기도 했다. 보다 못한 미라가 나서서 자신의 집 2층 손님방에 영선의 거처를 마련해주었다. 시시때때로 오는 협박 문자를 발견할 때마다 고소하겠다고 으름장을 놓자 더는 형제들도 다가오지 못했다. 영선의 오른팔에는 여전한 흔적이 남아 있었다. 치매라는 기억의 구멍이 뚜렷한 물리적인 증거마저 지워버리는 모양이었다.

"지운이도 자꾸 생각나. 지운이 어렸을 때 정말 예뻤잖아. 고 어린것이 나한테 엄마라고 하고 너한테는……."

"아줌마라고 했지." 미라가 영선의 말을 받았다.

두 사람은 과거 어린 날의 지운을 떠올리며 함께 웃었다. 같은 시절을 공유한 사람들에게서 나오는 친밀한 감정이었다. 그러고는 무거운 적막이 찾아왔다. 집으로 돌아오라고 할 수는 없었다. 영선도 그걸 잘 알았다.

"언니, 부탁할 게 있어."

그럴 줄 알았다는 듯 영선이 잠자코 고개를 끄덕였다.

"지운이가 혹시 연락해올지도 몰라. 언니가 말도 없이 그만뒀다고 아주 화가 나 있어. 애가 독기를 품었어. 배신감을 느끼는 것 같아. 그러니까 언니, 이상한 일 있으면 바로 연락해."

영선이 이해할 수 없다는 표정으로 한숨을 쉬었다. "지운이가 나한테 해라도 끼칠까 봐?"

"응."

영선이 가당치도 않다는 듯 웃었다. 미라는 지운이는 당신 생각처럼 착하고 바른 애가 아니라니까, 하고 소리치고 싶었지만 제 얼굴에 침 뱉기였다.

"25톤 트럭에 깔려 사는 기분이야. 걔가 무슨 일을 벌일까 봐 쥐 죽은 듯 살아. 언니가 이 기분 알아? 모두가 나한테 잘못 키웠다고 손가락질을 해. 사실 나보다 언니 손을 더 많이 탔는데…… 욕은 내가 다 먹어. 웃기지?"

미라는 자신이 갖고 있던 죄책감을 영선과 나눠 갖기를 원했다.

"그럼 내가…… 지운이 책임지고 키우고 싶어. 얼마 안 되지만 재산도 물려주고."

"이 여자가 치매라더니 벌써 노망이 났나. 무슨 소리야?!"

영선의 제안에 화들짝 놀란 미라가 자리에서 벌떡 일어

나 소리쳤다.

"미라야, 미안해. 나는…….."

"됐어. 옛정에 걱정돼서 찾아와줬더니 고마운 줄 몰라. 언니를 지옥에서 꺼내준 거 나다. 은혜 잊지 마. 다른 건 다 잊어도, 그건 잊으면 안 되지. 안 그래?"

무슨 소리를 하는 건지 알 수 없어 하는 영선의 표정을 보며 미라는 입을 다물었다. 순간 영선의 당황한 기색은 금세 사라지고 소파 구석에 눈을 주며 허둥지둥 뭔가를 찾고 있었다. 눈앞에 미라가 있었다는 것도 까먹은 듯 찾는 일에 몰두했다.

"뭐해……?"

"집에 가야지. 너무 늦었어. 내가 가방을 들고 왔지? 네가 사준 거? 빨간색 무늬 예쁜 거. 어디 있지?"

미라는 뒤에서 자신을 부르는 영선을 무시하고 도망치듯 교습소를 나왔다. 녹아서 진흙탕이 된 눈들이 발밑에서 질척거렸다. 미라는 오래도록 마음이 아팠다.

지운이 집으로 돌아온 건 미라가 카드를 정지시킨 뒤였다. 카드사에 정지 신청을 하고 나자, 지운은 반나절도 안 되어 돌아와 한마디 말도 없이 방에 틀어박혔다. 은둔형 외

40

툴이가 되기로 작심한 건지 문밖으로 나오는 법이 없었다. 먹을 것도 방문 앞에 놔달라고 주방 아줌마에게 일렀다. 적절한 고민 상담자가 아니란 것을 알면서 미라는 섭에게 지운이 걱정된다고 말했다. 내심 섭이 할 수 있는 폭력적인 방식으로 방문을 부수고 들어가 아들을 강제로 끄집어 내길 바라기도 했다.

"냅둬. 차라리 잘됐잖아. 사고 칠 일도 없고." 섭은 오히려 홀가분해하며 대꾸했다.

미라는 며칠 전 부안 동물병원에서 받은 전화 내용을 말하지 않았다. 아들이 다녀간 뒤 안락사에 쓰이는 약물이 사라졌다는 전화를 받았다. 지운은 홍은동에 있는 작은 슈퍼에서 물건을 사고, 한남동 시티즌 호텔에서 식당을 이용했다. 마지막으로 정이든 종합병원 장례식장을 들렀다. 차곡차곡 오는 카드 내역서의 동선을 파악하면서 미라는 그게 무슨 뜻인지 알았다. 지운이 찾은 건 영선이 아니었다. 미라의 과거 어느 날의 행적을 그대로 따라가고 있었다. 끄집어 내봐야 긁어 부스럼만 만드는 죽음의 흔적들. 비밀을 알고 있는 사람은 없었다. 그런데, 어째서 지운이가 그날의 행적을 캐내고 있던 건지 알 수 없었다. 지운은 뭘 하고 있는 건가. 인기척 없는 2층을 올려다보며 미라는 불안에 사로잡혔다. 좀처럼 잠이 오지 않았다. 영선의 가족들이 있는 부안 집에 전화를 걸었다가 끊기를 반복했다. 그들 중 하나는 영선이 아닌, 미라가 노모를 죽였다고 주장했다. 지운이 그들을 만난 걸까. 의문은 풀리지 않고 점점 증폭됐다.

저게 언제 저렇게 기울었지? 아침 일찍 명상원을 들렀다 온 미라는 마당에서 고개를 갸웃거렸다. 설치한 지 반년도 안 된 농구대가 피사의 사탑처럼 위험하게 기울어져 있었다. 미라는 곧장 집안의 인테리어를 손봐주는 곽 씨에게 전화를 걸었다.

"이미 내가 했어."

뒤에서 들리는 목소리에 미라는 깜짝 놀라 휴대전화를 바닥에 떨어뜨렸다.

"오늘은 안 되고 내일 곽 씨 아저씨랑 수리 기사가 온대."

두꺼운 스웨터를 입고 앞치마를 한 영선이 말했다. 교습소에서 볼 때와 달리 영선의 얼굴은 화색이 돌았다. 그 뒤로 발코니에 나와 있는 지운이 보였다. 근 두 달 만에 보는 아들은 귀밑까지 자란 머리칼 때문인지 고뇌의 빛이 얼핏 스쳤다.

"어쩐 일이야?"

미라는 진심으로 화가 치밀었다. 어디 남의 집에 함부로 들어와.

"응? 뭐가 어쩐 일이야? 어딜 부지런히 나갔다 왔어? 너 좋아하는 만두전골 했어. 내가 한우 앞다리살 사다가 해단이랑 다 빚었어."

영선은 제 할 말만 따발총으로 쏘아댄 후 춥다는 듯 어깨를 부르르 떨고 안으로 들어갔다. 뒤에서 눈치를 보던 주방 아줌마가 미라에게 귀엣말을 했다.

"사모님 나가신 뒤에 누가 초인종을 눌러서 보니까 해단 엄마인 거예요. 아무렇지 않게 집안일 보시길래, 사모님이 다시 부른 줄 알았어요."

이런 미련퉁이. 미라는 눈으로 질책한 뒤 안으로 들어갔다. 고소한 참기름 냄새와 만두가 익어가는 푸진 기운이 집 안에 꽉 들어찼다. 지운은 애정에 굶주린 어린 강아지처럼 졸졸 영선의 꽁무니를 따랐다. 영선을 지키고 있었다고 하는 게 맞을 것이다. 영선의 기분은 아주 좋아 보였고 지난 일은 싹 잊은 듯했다. 손님방에 자기가 쓰던 누비이불이 어디 갔느냐고 온종일 찾았다.

영선이 차려준 밥상 앞에 지운과 미라가 앉았다. 지운은 말없이 영선이 퍼서 건넨 자기 양만큼의 전골을 후루룩 먹었다. 아들의 식욕은 왕성했다. 영선이 "더 줄까?", "청경채도 더 먹어야 돼, 맛있지?", "짜면 물 좀 부어" 같은 말들을 지운에게 쉼 없이 했다. 지운은 말을 잃어버린 아이처럼 눈짓으로만 알아들었다고 표시할 뿐이었다. 한마디 말도 입 밖에 나오지 않는 건 미라도 마찬가지였다. 영선이 2층에 올라가 지운의 시큼한 땀내가 나는 옷가지와 이불을 잔뜩 들고 내려와 한바탕 잔소리를 퍼부었다. 지운이 당황한 빛을 숨기지 못하고 이불을 뺏었다. 도와줄 거 아니면 비키라고 말하는 영선은 천하무적이었다.

별안간 괴이한 상황극에 미라가 깔깔대며 웃음을 터뜨렸다. 배불리 밥을 먹은 뒤 뭉근하게 퍼지는 밀가루의 기운 때문이었을까. 미라는 피가 돌며 이상하게 즐거웠다. 얼빠진 아들의 표정이 모처럼 인간다웠다. 자기가 잘린 것도 기억 못 하는 가정부의 종횡무진이 반가웠다.

미라는 용기를 내어서 지운에게 말을 걸었다. "아들, 잘지냈니?"

"살인자." 지운이 말했다.

영문을 모르겠다는 미라의 표정을 읽고는 비열한 미소를 지었다. 비밀을 알고 있는 얼굴이었다. 아들이 영선에게 조용히 경고했다.

"우리 엄마 조심해."

아들아, 다 들려.

한밤, 아들의 방은 쉽게 열렸다. 반쯤 열어둔 창문 때문에 냉기가 훅 끼쳤다. 그새 영선의 손길이 닿은 듯 방은 깨끗하게 정리돼 있었다. 미라는 잠시 침대에 앉았다. 아들이 어렸을 때 버릇대로 손님방에서 영선과 함께 잠이 들었다. 기회는 자주 찾아오지 않으니까 미라는 소리 나지 않게 방문을 걸어 잠그고 불을 켰다. 지운이 훔친 게 분명한 안락사에 쓰인다는 약물을 찾아야 했다. 녀석은 주도면밀한 성격이 못됐다. 분명 제 방 어딘가에 숨겨놨을 것이다. 미라는 서랍장과 베개 밑, 협탁 안에 들어 있는 상자들을 살폈다. 옷장 바닥을 뒤지고 의자를 밟고 올라가 가구 위를 살폈다. 한 시간쯤 뒤지고 나서야 미라는 여기에 약물이 없을 거라는 생각이 들었다. 대신 책상 서랍에 숨겨둔 비행기 티켓을 발견했다. 편도로 끊은 방콕행 이코노미석 두 장이었다.

미라는 화장실로 들어가 우두커니 변기에 앉았다. 저것들이 나만 빼고 지옥에서 빠져나가려고 수를 쓴다. 지끈거리는 두통에 욕실장을 뒤졌다. 평소 아들이 먹는 아스피린을 꺼내다가 미라는 고개를 들어 맨 위칸을 쳐다봤다. 미라의 손이 잘 닿지 않는 곳이라 까치발을 들었다. 'T61'이라고 쓰인 안락사 약상자가 손에 잡혔다. 유리병 안에 들어 있는 투명한 액체가 미라를 충동질했다. 뜯지 않은 여분의 주사기도 고스란히 놓여 있었다.

미라는 지난날 영선을 힘들게 한 노모를 업고 뒷산을 향하던 것처럼, 이번에도 누구를 끝내야 하는지 잘 알았다. 누구도 나의 영선을 데려갈 수는 없었다. 미라는 주사기를 잠옷 주머니에 넣고, 손님방에 열쇠를 꽂아 소리 없이 문고리를 돌렸다. 무드 조명 사이로 깊게 잠든 아들과 영선이 보였다. 침대 옆에 밀어놓은 커다란 캐리어가 모든 걸 설명했다. 미라는 아들의 팔뚝에 새긴 영선의 얼굴과 자신을 똑 닮은, 어린 분신의 얼굴을 번갈아 보았다. 영선이 뒤척이다 눈을 떴다. 뭐해? 지운이 깰까 봐 아주 작은 목소리로 물었다.

언니야. 지금부터 내 이야기를 잘 들어줘. 뭘 말해도 놀라거나 겁내면 안 돼. 언니는 나의 테라피스트잖아. 미라는 슬프게 웃었다.

들러리

귀신 좀 보는 게 내 인생에 하등 문제가 될 게 없었다.
그런데 지호에게 붙은 귀신은 왜 하필
그때만 나타나는 걸까.

1

지호와 사귄 지는 5년이 다 되어갔다. 나는 잠든 지호의 얼굴 중 코와 입에서 이어지는 완만한 곡선을 가만히 지켜보는 걸 좋아했다. 지호는 늘 나보다 빨리 잠들어서 내가 보는 것을 못 보는 일이 다반사였다. 창가를 흔드는 비바람 소리라든가, 혹은 때맞춰 방송되는 재미있는 예능 프로그램이라든가 하는. 숨을 따라 코 고는 소리가 방 안을 메웠다.

"왜, 추워?"

내가 몸을 살짝 뒤척이자 코를 골던 지호가 예민하게 반응하며 깼다. 도리어 미안해진 내가 그의 품에 파고들며 괜찮다고 했다. 하지만, 전혀 괜찮지 않았다. 모텔 방 안에는 우리만 있는 게 아니었다. 키 160센티미터 언저리, 짧은 단발머리, 얼굴은 없다. 그 부분은 뭉개져 보인다. 귀신은 검은 옷을 입은 채 고개를 까닥까닥거렸다. 마치 리듬을 타듯이. 가끔씩 크게 진동하듯 몸을 떨 때도 있었다. 그 몸짓에 화들짝 놀란 내가 움찔거리면, 지호가 깨는 식이다.

"집에 가서 잘래?"

"응, 그래야겠어. 아무래도 좀 춥네."

나는 항복하며 지호와 떨어지고 싶은 마음을 조금 누른다. 내 집에 가면 열이 많은 지호 때문에 에어컨을 틀 필요도 없이, 모텔 냄새가 나지 않는 이불 속에서 쾌적하게 잘 수 있었다. 잠이 많은 데 비해, 잠에 미련은 별로 없는 지호가 먼저 옷을 챙겨 입는다. 나도 테이블 한쪽에 지호가 곱게 개어둔 팬티와 브래지어를 입기 시작한다. 모텔방을 나서기 전, 지호를 뒤에서 한 번 꼭 껴안았다. 지호도 나도 좋아하는 스킨십이었다.

지호는 집 앞에 나를 세워주고 "잘 가, 조심히 들어가"라는 말을 대여섯 번은 반복한 뒤, 내가 완전히 보이지 않을 때까지 기다려준다. 그 미미한 차량 엔진음은 언제나 내게 안도감을 주었다. 내가 널 지켜보고 있어, 라고 말해주는 것 같았다. 아직 어두운 새벽빛에 의지해 나는 지호가 있는 차 안을 유심히 관찰했다. 아까 본 귀신은 보이지 않았다. 다시 손을 흔들고 집으로 돌아왔다. 내가 내린 결론은 하나였다.

'지호에게 붙은 귀신은 우리가 섹스를 할 때만 나타난다.'

집에 와서 침대에 누웠다. 열어둔 창문으로 후덥지근한 바람이 불어왔다. 타다다다닥 타다다닥. 거실에서 뜀박질 하는 소리가 들렸다. 또 너니, 나는 거실에 있는 조그만 수면등을 켰다. 미안해. 내 말에 형체가 없는 작은 그림자가 베란다 뒤로 숨는 게 보였다. 이 집에 이사 올 때부터 지키고 있던 것이었다. 강아지겠지. 굶어 죽거나 맞아 죽거나 죽어서 떠나지 못한 것. 동물의 혼이 머무는 집은 아무런 해가 없다. 무거운 가위눌림이나 악몽을 꾸는 일도 좀처럼 일어나지 않는다.

내가 귀신을 보기 시작한 게 언제부터인지는 잘 모르겠다. 언니의 말에 따르면, 나는 어릴 때부터 겁이 없었다고 했다. 어두운 다락방에서 혼자 앉아 놀길 좋아해서 가족들이 기겁하는 일이 잦았고, 과하게 놀라는 언니의 반응이 웃겨서 자주 긴 머리카락을 풀어헤쳐 귀신 놀이를 하기도 했다. 귀신들은 대부분 성가셔하면 빠르게 눈치를 채고 사라졌다. 귀신 좀 보는 게 내 인생에 하등 문제가 될 게 없었다. 그런데 지호에게 붙은 귀신은 왜 하필 그때만 나타나는 걸까. 아주 변태다.

지호에게 붙은 단발머리 귀신을 처음 본 건, 결혼 이야기가 오고 간 직후였다. 나는 지호의 어머니가 좋아한다는 홍옥과 부모님이 평생 팔아온 간장게장을 들고 인사를 갔다. 지호의 어머니는 집안의 살림과 가계를 책임지는 실질적인 가장이었다. 은행장이었다가 지금은 은퇴해 시의원을 하고 있다고 했다. 그에 비해 지호의 아버지는 왕년에 작사가라고 했지만, 딱히 무얼 하고 있는 것 같지는 않았다. 두 분 다 호락호락한 인상은 아니었다. 지호의 어머니는 지호의 손에 들린 간장게장을 보며 체면도 잊고 아이처럼 좋아했다.

"이게 말로만 듣던 거구나. 저번에 친구들이랑 갔는데 줄이 얼마나 길던지, 어머님께 시스템을 좀 바꾸시라 그래요. 노인들 간장게장 한 번 잡수시기 전에 뙤약볕에 쓰러져서 구급차 부르게 생겼지 뭐야."

"미리 말했으면 자연이가 어련히 알아서 예약해놨지."

내가 난감한 표정을 짓자, 지호가 얼른 눙치며 말했다.

"아직 날짜도 안 잡았는데 그러면 동티난다."

어머니는 주방에서 간장게장을 담은 플라스틱 통을 열고는 알이 꽉 찬 게의 몸통을 반으로 갈라 그 자리에서 빨아 먹었다. 탐욕스럽게 느껴지는 식욕이었다. 민망한 건 어머니 쪽이 아니라 나였다. 푹 꺼진 볼이 쪼그라들며 게살을 한 번에 입에 쑥 넣고, 양 손가락에 묻은 간장 양념을 쪽쪽 빨아 먹었다. 눈이 마주치기 전, 시선을 피했으나 나를 보는 어머니의 시선이 따가웠다. 이게 뭐라고, 다들 그 난리들인지. 내가 한 거랑 별 차이도 없네. 혼잣말처럼 중얼거렸으나 지호도 나도 똑똑히 들었다. 가게에 오는 중년 손님들한테서 심심찮게 듣는 소리라 나는 아무렇지도 않았다. 오히려 다른 것을 사 올걸, 살짝 후회했다.

지금 사는 아파트에 지호는 초등학교 무렵에 이사 왔다고 했다. 지호의 방은 잡동사니로 꽉 차 있었다. 원래도 옷을 좋아하는 지호의 옷이 옷장과 행거, 러닝머신, 침대 위에 산더미처럼 쌓여 있었다. 정리한 게 이거야? 내 물음에 지호가 당당한 얼굴로 말했다. 응. 너 온다고 죽어라 청소했어. 책상 의자에 앉았다. 엉덩이 모양대로 푹 꺼진 의자에 앉아 두 발을 흔들었다. 서늘한 실바람을 느낀 건 그때였다. 오소소 목덜미 솜털이 일제히 섰고 소름에 허리를 곤추세우며 달라진 분위기를 파악했다. 오랜 경험상 귀신이 내 몸에 가까이 달라붙어 있을 때 그랬다. 책상 밑 어두운 공간을 보자, 예상대로 새카만 단발머리가 보였다.

이 집에 사는 귀신이었다. 나는 의자에서 일어나 침대로 가서 앉았다. 지호가 다가와 치마 속에 불쑥 손을 넣었다.

뭐 하는 짓이야, 내가 손을 빼려고 했지만 지호의 힘은 완강했다.

"스릴 있잖아. 엄마 말은 저래도 자기네 가게 간장게장 귀신이야. 그거 먹느라 바빠."

지호가 저돌적으로 나를 침대에 쓰러뜨리고 키스를 퍼부었다. 나는 항상 지호에게 약했다. 약하다는 뜻은 내가 그를 너무 많이 사랑하고 있다는 뜻이었다. 필요 이상으로 많이.

이런 난감한 애정 공세를 거절하기 힘들다는 걸 지호도 잘 알고 있었다. 그가 빨리 절정에 가닿기를 원했고, 그러면서 내 시선은 문고리를 향했다. 어른들이 노크도 하지 않고 들어올 것 같았다.

"너무 좋다."

지호가 깊은 한숨을 토해냈다. 나는 내 옆 공간에 느껴지는 서늘한 실바람에 고개를 돌렸다. 또다시 몸이 떨렸다. 보통의 귀신들은 무시하면 그림자처럼 멀어지게 마련인데, 단발머리 귀신은 오히려 내 옆에 누워 있었다. 지호의 움직임에 따라 함께 흔들리는 내 몸의 흔들림과 똑같이 위아래로 움직였다. 수치스럽게 느껴질 만큼 더러운 장난이었다. 지호와 나의 억눌린 신음, 오래된 매트리스의 삐걱거리는 소리만 났는데, 웃음소리가 들리는 것 같은 착각이 들었다. 옆에 누운 귀신은 분명 웃고 있었다. 뻣뻣하게 굳어버린 내 긴장을 지호는 오르가슴으로 해석했다.

"너 그런 모습 처음 봐. 진짜 흥분됐나 봐?"

"자기 여동생 있었어? 아니면 누나나?"

내 동문서답에 지호가 무슨 소리냐는 듯 웃었다. 차마 귀신이 있다고는 하지 못해서, 책상에 놓인 유리병을 가리켰다. 우산 모양의 유리병 속에 가득 찬 종이학은 옛날 드라마에서나 보던 것이었다. 지호가 자랑스럽게 유리병을 들고 왔다. 종이학이 1,000개는 되어 보였다.

"아, 이거 잠깐 교회 다닐 때 아는 누나가 준 거야. 고백하면서."

"몇 살 때?"

"초5."

"그걸 아직도 갖고 있어?"

"버릴까?"

"맘대로 해."

지호는 내 표정을 살폈다. 화가 난 것인지 질투인지 아니면 정말 상관없다는 것인지를 파악하기 위해. 내 표정을 정확히 읽은 지호가 다시 제자리에 놔뒀다.

"이거 준 누나가 다음 날인가…… 죽었거든. 교통사고로.

그때 나랑 두 살인가 차이 났으니까. 중학생이었겠네. 너무 어릴 때잖아. 불쌍하고, 버릴 수가 있어야지."

단발머리 귀신은 키가 작았지만, 분명히 성인이었다. 그런 건 느낌으로 알았다. 더 깊이 호구조사를 하려던 찰나에 지호의 어머니가 부르는 목소리가 들렸다. 지호와 나는 얼른 옷매무새를 확인하고 바깥으로 나갔다. 4인용 식탁에 넷이 앉았다.

"지호가 여자 볼 줄 알아, 너무 예쁘게 생겼네."

지호의 아버지는 그 말을 하면서 갑자기 악수를 청했다. 마주 잡은 손아귀에 힘이 넘쳤다. 단발머리 귀신은 보이지 않았다. 셋이서 간장게장을 열심히 해체하고 발라 먹었다. 지호의 어머니는 먹을 때는 체면 차리는 게 아니라고 내게 자꾸 간장게장을 권했다.

"제가 실은, 갑각류 알레르기가 있어서요. 그래서 가족 중에 저 혼자 못 먹어요."

내 말에 지호의 아버지가 푸하하 웃음을 터뜨렸고, 지호의 어머니 역시 웃음이 전염되어 딸꾹질까지 했다. 어색했던 분위기는 순식간에 유쾌하게 바뀌었다.

"우리 집 어때?" 집을 나서며 지호가 물었다. 표정에서 은근한 우월감이 엿보였다.

"사랑이 많은 집 같아."

네 방에서 단발머리 귀신을 봤다고는 할 수 없어서 아무
말이나 둘러댔다. 지호는 칭찬으로 듣고 웃었다. 느끼한 농
담도 던졌다. 그래서 아까 우리도 사랑을 하고 싶었었나 봐.

2

나 말고도 세상에 귀신을 보는 사람은 많았다. 희나도 그
런 사람 중에 하나였다. 중학교 때 분신사바 하나로 전교생
에게 인기와 두려움을 동시에 얻은 애였다. 우리는 단숨에
서로가 진짜라는 걸 알아보았다. 나는 분신사바 같은 건 하
지 않았지만, 희나가 하는 분신사바 쇼맨십을 좋아했다. 중
학생 애들의 질문은 대개가 비슷했다. 남자애 누구누구와
어떻게 되는 거냐, 날 좋아하느냐, 같은 질문들에 희나는 아
무렇게나 대답을 해줬다. 그런 다음 허공에 대고 마치 귀신
과 대화를 하는 것처럼 혼자서 말을 주고받았다. "아아, 정
말요? 에이, 그래도 여긴 사람인데……" 하고 난감한 표정을
짓다가 질문을 한 아이에게 "어쩌지, 귀신이 너한테 첫눈에
반했다고 하는데" 하는 식이었다. 악, 안 돼! 싫다고. 희나의

말도 안 되는 거짓말에 아이들이 일시에 괴성을 지르며 사방팔방으로 뛰어다녔다. 희나는 실시간으로 귀신의 위치를 알려주거나 돌아보지 말라고 경고하며 귀신 놀이를 했다. 뒤에서 실룩 웃음을 참으며 지켜보던 내게 희나가 먼저 말을 걸었다. 너도 보여? 아니, 나는 희나와 똑같이 이상한 아이처럼 비칠까 봐 거짓말을 했다. 희나에게 내 거짓말은 통하지 않았다. 바람과는 다르게 금방 친구가 됐다. 우리가 커서 무당이 될 거란 동급생들의 엉터리 예언은 하나도 맞지 않아, 희나도 나도 평범한 사회의 일원이 되었다.

수수하게 차려입었지만, 어릴 때부터 봐온 희나만의 빛은 여전했다. 결혼했어도 제멋대로인 불안정한 매력은 그대로였다. 호프집에서 만난 희나는 휴대전화를 켜더니 카톡을 열어 이틀 전 나와 나눈 대화를 다시 복기했다. 얼굴에 화색이 돌았다. 그러니까 그년이, 둘이 할 때만 와서 구경한다는 거잖아, 키스할 때는 없고. 오럴은? 희나의 목소리가 너무 컸다. 아니면, 그런 단어들만 유독 사람들의 귀에 잘 걸리는가 보았다. 주변 테이블에서 귀를 쫑긋거리는 게 느껴졌다. 나는 잠시 뜸을 들이고 희나에게 눈치를 줬다. 작게 말해, 작게. 희나가 어깨를 으쓱해 보였다.

"……그때도 나타나."

"하, 웃기네."

정말로 희나는 재미있어하는 얼굴이었다.

"내가 보면 알겠다. 나는 얼굴 보이잖아. 나 보여줘. 너희는 안 볼게."

나는 희나의 선 넘는 요구에 스스로도 지나치다고 느낄 만큼 버럭 화를 냈다. 지호가 알면 이건 범죄나 마찬가지라고 소리쳤다. 희나는 맥주 컵을 소리 나게 테이블에 놓더니 핸드백을 챙겨 일어났다. 아이들도 시댁에 맡기고 왔더니 누굴 쓰레기 취급한다고, 욕을 하고 떠났다. 사과하면 금방 받아줄 희나였지만, 그럴 기분이 나지 않았다.

결혼을 앞두고 신경이 날로 곤두서고 있었다. 희나가 떠나고 왁자지껄한 호프집 구석에서 혼자 생맥주를 다섯 잔이나 마셨다. 화장실을 계속 들락날락거리다가 어느 순간부터 비틀거리기 시작했다. 지호에게 전화를 걸었다. 내가 취했다고 생각한 지호가 방심해 단서 하나라도 꺼내지 않을까 하는 생각이었다. 자기야, 어디야? 나 취해서 집에 못 들어갈 것 같아. 내 유혹에 지호는 쌀쌀하게 대답했다. 집에 못 데려다줘, 나 야근 중이야. 아무리 화가 나도 전화를 먼저 끊는 법이 없었는데, 일방적으로 끊긴 전화를 보며 술이 확 깼다.

다음 날 휴대전화 통화 목록을 확인해보니 지호에게 32통의 전화를 했다. 내가 미쳤었다. 지호는 32통 중 한 통도 받지 않은 건 물론이고, 안 올 거냐고 묻는 나의 끈질긴 카톡에도 대답하지 않았다. 지호가 이렇게 지독하게 나온 적도 없지만, 나 역시 이렇게 지독하게 연락을 한 적이 없었다.

타다다닥. 발소리가 현관문을 향해 재빠르게 움직였다. 누가 왔나? 키패드가 눌리는 소리가 들렸다. 지호였다. 한 손에는 근처 죽집 상호명이 붙은 쇼핑백이 들려 있었다. 타다다닥. 다시 발걸음이 지호를 주변으로 빙그르르 돌았으나 지호는 당연히 아무 낌새도 느끼지 못했다. 쇼핑백을 식탁 위에 올려놓고 잠시 나를 노려봤다.

"잘못했어."

나는 괜한 자존심 따위는 버려두고 바로 사과했다. 지호는 여전히 말이 없었지만, 한결 누그러진 표정이었다.

"진짜 잘못했어. 결혼 앞두고 좀 불안했나 봐. 내가 한 게 아니고, 호르몬이 그런 거야."

"알았어. 씻고 와. 너 엉망이다."

"응."

나는 과음한 탓에 엉망으로 부은 내 얼굴을 거울로 흘끗 확인했다. 진짜 사람 얼굴이 아니었다. 욕실 스위치를 누르고 욕실화를 신는데 뒤에서 목소리가 들렸다. 같이 씻을까. 기회였다. 나는 대답을 하지 않았고, 지호는 그것을 승낙으로 받아들였다.

물기가 맺힌 타일 바닥을 짚으며 나는 자꾸 뒤를 돌아다보았다. 뭘 자꾸 봐, 하는 거 보고 싶어? 지호의 질문에 나는 애매하게 "으응"이라고 말했다. 다시 뒤를 돌아보자, 지호가 키스를 했다. 그 순간, 실바람이 찾아왔다. 네가 왔구나. 단발머리 귀신이었다. 내 앞에서 구경 중이었다. 나는 애써 모른 척하며 지호와의 키스에 빠져들었다. 하지만, 뒤쪽으로 돌아간 고개가 금방 뻐근해져 다시 정면의 타일 벽을 바라봤을 때 단발머리 귀신이 있었다. 그러니까 내가 두 팔로 기댄 타일 벽에 등을 대고 붙어 나를 보고 있었다. 지호의 신음이 커져갔고 그럴수록 내 몸은 차가워져갔다. 지호가 뒤에서 뭐라고 속삭였지만, 제대로 들리지 않았다. 단발머리 귀신이 원하는 게 뭔지 알 수 없었다. 우리 사랑을 방해해서 얻는 게 무엇인지 감이 오지 않았다. 너무 긴장한 탓에 나는 생전 하지 않던 실수를 했다. 오줌이 바닥으로 흘렀다. 쪼르르륵. 지호는 내가 너무 좋아서 그런 거라고, 또 좋은 쪽으로 착각했다.

불감증인가 싶을 만큼 아무것도 느끼지 못했다. 지호가

우리 너무 잘 맞아서 좋다고 말해서 은근한 죄책감이 들었다. 나는 맞장구쳐주며 지호의 과거를 의심했다.

"전에 사귄 남자친구 중에 나만큼 잘 맞는 사람 있었어?"

지호도 내 과거가 궁금했는지 평소 묻지 않던 질문을 했다.

"없었지. 이런 적 처음이야. 자기는? 자긴 있었어?"

"나? 몰라?"

지호는 득의양양한 표정을 지으며 내 질투를 부채질했다. 하지만 내 관심사는 섹스가 끝난 뒤에도 떠나지 않는 단발머리 귀신에게 있었다. 그것이 우리 집을 지키는 동물 혼에게 관심이 있는 모양이었다.

"치. 있었구만, 말하는 거 보니까. 자기는 좋아하는 아이돌들 보면 전부 키 작고 단발머리 스타일이던데 첫사랑이 그랬나?"

"기억도 안 난다, 첫사랑."

나는 조금 더 밀어붙이기로 했다.

"에이, 나랑 정반대 타입 좋아했었지? 나 궁금해. 화 안 낼게. 혹시 전에 단발머리 스타일 있었어? 그냥 얘기해봐."

"갑자기 단발머리 타령이야. 아까부터. 머리 자르고 싶어서 그래?"

"말 돌리지 말고. 진짜 없었어?"

지호는 플라스틱 용기에 든 죽을 세팅했다. 어느새 다가온 단발머리 귀신이 식탁 위에서 서성거렸다. 식탁에 풀썩 앉더니 두 다리가 허공에서 흔들거렸다. 자기 얘기를 하니까 관심이 생기는 모양이었다.

"누굴 말하는지 모르겠네. 뭐 내 전여친이라도 만난 거야?"

지호는 부드럽게 말했으나 그 저변에 잔잔한 짜증이 깔려 있었다. 더 파고들면 화를 낼 것이니 알아서 닥치라는 경고였다. 나는 그만둘 수가 없었다. 그의 말대로 우리는 결혼을 할 예정이니 거슬리는 건 확실하게 매듭짓는 게 나았다.

"어? 전여친 중에 단발머리 있었어, 없었어?"

"하, 왜 이래 진짜."

지호는 깊게 한숨을 쉬더니 나를 올려다보았다. 처음 집에 왔을 때보다 더 화가 난 눈빛이었다. 뭐가 널 이렇게 화나게 하는데, 말해, 이실직고해! 나도 침묵으로 맞대응했다.

"단발머리가 다 뭐야, 지나간 여자들을 내가 다 어떻게 기억해? 내가 추억 하나하나 기억하는 사람이었으면 좋겠어?"

지호가 의자에서 벌떡 일어나 휴대전화를 챙겨 나갔다. 내 추궁이 이어질까 봐 급하게 튀는 느낌이었다. 어느새 식탁에서 우리의 신경전을 구경하던 단발머리 귀신은 사라졌다. 실수를 한 걸까. 지호에게서 카톡이 왔다.

'너 요즘에 다른 사람 같아. 시간을 갖자.'

겨우 귀신 때문에 결혼을 파탄 낼 수는 없었다. 단발머리 귀신만 없으면 지호와의 관계는 더할 나위 없이 좋았다. 지호는 안정적이고 섬세했고 나와 유머 코드도 잘 맞았다. 그리고 사랑했다. 나는 지호가 사다 준 야채죽을 먹으며 희나에게 전화를 걸었다.

"어제는 내가 미안했어. 네가 괜찮다면, 도와줬으면 해."

후후, 희나가 낮게 웃는 소리가 들렸다.

3

희나의 아이들이 내가 가져온 백팩을 마음대로 열어보았다. 열한 살 쌍둥이 여자애들은 희나를 닮아 긴 얼굴과 매부리코를 가졌다. 웃을 때 보조개가 쏙 들어가는 게 희나와 달리 귀여운 구석이 있었다. 희나가 하나도 정리되지 않은 방을 정리하는 시늉을 하며, 그만두라고 아이들에게 말했지만 하는 쪽도 듣는 쪽도 진심이 없었다. 희나의 아이들은 내 티팬티를 발견하고 부끄러워하며 마룻바닥에 내던졌다. 하얀 먼지가 검은색 티팬티에 묻어났다. 그러면 안 돼요. 내 경고에 까르륵 웃음이 터졌다. 나는 나머지 속옷들이 전부 집 먼지를 뒤집어쓰기 전에 백팩을 사수하고 꼭 끌어안았다.

"신랑은?"

"죽었잖아. 몰랐어?"

내 물음에 희나가 대수롭지 않게 대답했다. 얼른 쌍둥이들의 눈치를 살피자 "죽었어요!" 하고 서로 앵무새같이 말했다. 희나의 신랑은 10년도 더 전에 결혼식장에서 잠깐 본 게전부였다. 내가 할 말을 찾지 못하자, 희나가 혀를 쏙 내밀며 재미있어했다. 가정적이었던 남편은 퇴근길에 집 앞에서 사고로 죽었는데, 귀신이 되어 가끔 집 안을 돌아다닌다고 했다.

"보면 어때?"

"어떻긴. 귀신이야 먼지 같은 거잖아. 덕분에 보험료 받아서 이 집 빚도 다 갚았어."

희나는 맥주와 튀긴 전어를 먹으며 말했다. 튀긴 전어의 기름 때문에 희나의 도톰한 입술이 번들거렸다.

"단발머리 귀신은 먼지 같지 않다는 거지? 하긴 그때만 나타나는 거 보면 이상하긴 해."

"이건 내 촉인데 나를 질투하는 것 같아."

"그건 촉이 아니라, 누구라도 알겠다. 할 때만 나타나는 처녀 귀신이면, 뻔할 뻔 자지."

그렇구나, 나는 용한 무당에게 족집게 풀이를 듣는 듯 희나의 말에 고개를 끄덕였다. 지호의 사진을 보더니 잘생기진 않았는데 느글느글한 게 여자 많을 상이네, 하고 얼굴 품평을 했다. 느글느글? 지호를 한 번도 그런 식으로 생각해보지 않았다. 희나는 죽은 남편의 사진을 보여줬다.

"우리 남자 취향이 같았네. 비슷하지? 좋게 말하면, 서글서글. 나쁘게 말하면, 느글느글."

전혀 비슷하지 않았다. 우선 희나의 죽은 남편은 열 살은 더 많아 보이는 노안에 뚱뚱하고 옷맵시가 나지 않는 좁은 어깨를 가진 남자였다. 지호는 서글서글하다는 소릴 자주 들으며 대부분의 사람들에게 호감을 샀다. 우리는 누가 봐도 부러워할 만한 커플이었다.

하지만 불의의 사고로 남편을 먼저 보낸 희나에게 웃기지 말라고 할 순 없어서 작게 고개를 끄덕였다. 희나는 내 부탁을 들어주는 조건으로 쌍둥이들을 봐달라고 했다. 오래전에 아들을 잃은 시댁에 손녀들을 맡기는 일이 점점 염치가 없어진다면서. 사정이 딱해 나는 희나의 요구 조건을 수락했다.

지호에게 장문의 카톡을 보냈다. 구구절절 썼지만, 결국은 미안하고 사랑한다는 내용이었다. 지호는 답장이 없었다. 일주일씩이나 연락이 되지 않을 줄 알았다면, 희나의 집에 들어가지 않았을 것이다. 희나는 애들을 내게 팽개쳐두다시피 하고 매일 밤늦게 집으로 돌아왔다. 늘 술 냄새가 진동했다. 희나에게 좋은 일만 시켜준다는 생각이 들어 짐을 싸던 중 첫째가 내 휴대전화를 흔들며 말했다.

"이모, 자기 하트하트한테 전화 왔어."

나는 냉큼 휴대전화를 뺏었다. 보고 싶다고 말하는 지호의 혀가 적당히 꼬여 있었다. 수화기 너머 시끌벅적한 소음과 음악 소리가 함께 들려왔다. 술집이구나. 나는 지호에게 데리러 가겠다고 하고 전화를 끊었다. 곧장 희나에게 전화해 때가 왔다고 알렸다. 희나는 쌍둥이들을 시댁에 맡기러 집으로 돌아왔고, 나는 지호가 있는 홍대로 나섰다.

우리가 사전에 봐둔 호텔로 지호를 데려가는 과정은 생각처럼 쉽지 않았다. 지호는 호텔보다는 조용한 바에 가서 얘기를 하고 싶어 했다. 너, 너무 취했어. 나는 지호에게 그가 본인이 생각하는 것보다 훨씬 더 많이 취했음을 계속 주지시켰다. 소주 한 병밖에 안 마셨다는 지호에게 제발 똑바로 걸어달라고 했다. 물론, 그는 똑바로 걷고 있었다.

나의 이런 노력이 통했는지 호텔에 도착하자 지호는 정말로 비틀거리기 시작했다. 사랑한다고, 왜 이렇게 자길 힘들게 하느냐고 프런트 앞에서 중얼거렸고 다른 숙박객에게 의미 없는 사과를 했다. 죄송합니다, 제가 취해서. 나는 이미 희나가 체크인해 프런트에 맡겨둔 카드키를 받아갔다. 희나에게 이제 들어가, 짧게 카톡을 보냈다. 희나는 호텔 방에 딸린 발코니에 머물러 있기로 되어 있었다. 존나 오래 걸리네, 희나에게 카톡이 도착했다.

"희나가 누구야?"

엘리베이터 벽에 기대 있던 지호의 고개가 내 휴대전화 액정을 향해 있었다. 술기운에 졸음이 가득했던 두 눈이 어느새 반짝 빛났다. 오늘 지호의 취기는 오락가락했다.

"중학교 동창인데 최근에 갑자기 친해졌어."

"이뻐?"

"그게 왜 궁금해?"

"장난이야."

지호는 내가 좋아하는 장난기 가득한 표정을 지으며 짧게 입맞춤을 했다. 새벽 3시. 손목시계를 확인한 지호가 길게 하품을 했다.

"자연이랑 더 얘기하다가 자고 싶은데 졸려서 바로 자야겠다. 내일…… 아니지, 오늘 출장 있어서 두 시간 자고 나가야 해."

"출장 있는 사람이 술을 그렇게 마셔?"

나는 지호와 섹스해야 하는 계획이 틀어질까 조바심이 나서 잔소리를 했다. 지호가 피식 웃었다.

"임자연이 속 썩여서."

지호는 옷도 제대로 벗지 않고 침대에 누웠다. 바지를 벗다가 힘이 드는지 손길이 멈췄다. 귀찮아, 하고는 오른쪽 팔을 뻗어 탁탁 쳤다. 옆에 누우라는 뜻이었다. 나는 그를 발코니와 가까운 쪽으로 밀며 왼쪽 팔을 뺐다. 암막 커튼 뒤로 희나가 숨어 있는 곳을 쳐다보았다. 피곤하면 내가 벗겨줄게. 내가 지호의 셔츠를 풀고, 벗다 만 바지를 팬티까지 한꺼번에 내렸다. 에어컨도 틀어줘, 지호는 아무것도 눈치채지 못하고 어리광을 부렸다. 띠리링. 에어컨 안에 스며든 묵은 공기 냄새가 내부를 채우기 시작했다. 아울러, 우리의 계획도 시작됐다.

나는 옷을 벗고 이불을 둘러쓴 채 조심스럽게 지호의 위에 올라탔다. 지호는 술을 먹어서 그런지 발기가 잘되지 않았다. 안 씻어서 더러워, 지호는 부드럽게 나를 감싸 안고 옆으로 뉘었다. 눈빛이 가물가물한 게 뭘 할 상태가 아니었다. 덥다고 이불을 멋대로 발로 찼다. 발코니가 신경 쓰여

달아오르지 않는 건 나도 마찬가지였다.

"그래도 해야 해." 나는 의지를 다잡듯 말했다.

지호가 피식 웃었다. "욕구 불만이야? 왜 이래."

발코니 쪽에서 쿵 소리가 들렸다. 지호가 귀를 쫑긋하며 몸을 일으키려 했다. 뭐지, 들키면 끝난다. 나는 막무가내로 지호의 입술에 혀를 집어넣고 키스를 퍼부었다. 잠깐만. 지호가 나를 다시 밀치려고 했다. 오늘따라 말을 더럽게 안 들었다. 희나가 보던 말던 나는 지호의 성기를 입에 물었다. 평소 오럴 섹스가 너무 짐승 같아서 경멸하는 편이었지만, 참 말을 안 듣던 그의 성기도 내 뜻대로 금방 피가 몰려 부풀어 오르기 시작했다. 지호가 내 뒷머리를 쓰다듬으며 거만하게 눈을 내리떴다. 나는 곁눈질로 곧 나타날 단발머리 귀신을 찾았다. 어디에 있는 거지. 어디서 숨어 있다가 나타나 우리 관계를 파탄 내려고 하는 거야. 잠시 숨을 돌리려 고개를 들었을 때, 단발머리 귀신을 보았다. 암막 커튼 쪽에서 우리를 내려다보고 있었다. 등지고 서 있으니 희나 쪽에서 얼굴을 보긴 힘들 것이다. 단발머리가 고개를 푹 수그린 채 카펫이 깔린 바닥에 주저앉았다. 나와 시선을 마주 본 기분이 들었다.

"너, 뭘 그렇게 봐?"

지호의 목소리에 정신을 차리고 마주 바라봤다. 지호는 방금까지 내 시선이 닿은 바닥을 보며 나를 이상한 눈으로 보았다.

"……그냥 멍때렸어."

"하기 싫지?"

"아니. 그게 아니라, 딴생각했어."

"피곤한데 그냥 자자."

지호는 내 침으로 번들거리는 성기를 수건으로 한 번 훔쳐내고 누웠다. 어느새 성기는 축 늘어져 있었고 내가 뭐라고 말을 붙이기도 전에 코를 골기 시작했다. 참 속도 편하다. 단발머리 귀신은 지호와 나의 다리 밑에서 서성거리더니 발코니 쪽으로 사라졌다.

한 시간 뒤, 지호가 샤워하는 소리에 깼다. 나도 모르게 잠이 들었나 보다. 희나가 나를 깨운 뒤, 가겠다고 했다. 장시간 같은 자세로 있었는지 제 어깨를 주먹으로 두드리며 한마디 했다.

"봤어. 엄청난 미인이야."

"그래?"

"연예인인 줄 알았어. 젊고 예쁘고."

욕실 문고리가 벌컥거렸다. 떠날 타이밍을 놓친 희나가

허공에 주먹질을 했다. 희나는 후다닥 다시 발코니로 사라졌다. 지호는 전날의 피로는 잊은 듯 상쾌한 얼굴이었다.

"지호야, 너 예전에 말도 안 되게 예쁜 사람을 만나본 적 있어?"

"난 예쁜 사람만 만나는데. 너처럼."

그의 사탕발림에 나는 미소를 참지 못했다. 이렇게 쉽게 지호에게 매번 당한다.

"떨어져 있는 동안, 너 없으면 못 살겠더라. 사랑해."

심쿵. 내가 지호에게 사랑한다는 소리를 몇 번 들었더라. 다섯 손가락 안에 꼽는다. 지호는 사소한 칭찬은 잘하지만, 사랑한다는 소리를 매우 부끄러워하는 스타일이었다. 지호를 꼭 껴안았다. 어깨가 천장까지 올라가 으쓱하는 기분. 발코니에 숨어서 보고 있을 희나에게 미안했다. 과부에게 너무했나, 이럴 줄 알았으면 바늘이라도 준비해서 줄 걸 그랬다. 허벅지라도 찌르라고.

"나도 너무너무 사랑해."

섹스 대신 진한 키스를 선물하며 지호를 보냈다.

문이 닫히자마자, 희나가 나와 지호가 누워 있던 침대에 대자로 누웠다. 부끄러운 모습을 많이 보여 희나의 눈을 똑바로 볼 수가 없었다.

"너 되게 못하더라."

"뭐?"

"그거…… 되게 못해. 그러다가 귀신한테 빼앗기겠어. 남자친구."

"나 잘해." 내가 발끈했다.

하지만 희나는 내 반응에 전혀 신경 쓰지 않았다. 오히려 생각에 잠겨 심각한 목소리로 말했다.

"너희 둘이 잠들었을 때 봤어. 네 남자친구 귀접하는 거 같더라……."

희나는 질투 대신, 나를 진짜로 걱정하고 있었다.

4

무당은 신내림을 받은 지 1년이 채 안 되어 신기가 대단하다고 했다. 아직 유명하지 않아서 특별히 지호의 회사 앞까지 출장을 가주는 거라고 유세를 떨었다. 내가 "아, 예……" 떨떠름하게 반응하자, 희나가 얼른 무당의 기분을 살폈다. 우리보다 열 살은 어려 보이는 무당에게 꼬박꼬박 "선생님"이라고 불렀다.

"앞의 언니는 결혼하려면 사람이 크게 바뀌어야 해. 사람 깔보는 버릇부터 고쳐. 말을 안 해서 그렇지, 언니 지금 나 깔보고 있지? 저게 무슨 무당이냐고."

"아니에요."

그렇게 대답을 했지만, 속을 들켜 뜨끔했다. 무당의 눈빛은 엄마가 자주 드나들던 무당집의 무당과 달리 귀기가 없어 보였다. 가끔 모시는 신이라는 아기 동자를 가장한 목소리가 아니라면, 여느 평범한 대학생처럼 보였다. 무당이나 굿 같은 미신을 혐오하는 지호에게는 먼 친척과 함께 잠깐 들른다고만 했다. 카페에서 지호가 좋아하는 카야 샌드위치와 아메리카노를 직원 수대로 사서 회사로 찾아갔다.

지호는 아무 의심 없이 무당에게 90도로 인사하며 "처음 뵙겠습니다" 했다. 무당은 아까와 같은 고압적인 태도로, 꼼꼼히 지호를 뜯어봤다. 민망해진 내가 먹을 것을 건네주며 얼른 가보라고 했다. 지호가 다시 무당에게 "그럼 살펴가세요" 하고 인사했다. 무당은 고개만 끄덕했다. 예의를 모르는 무당의 행동에 지호가 떨떠름한 표정을 지었다.

"어때요?"

내 물음에 무당은 차에 탈 때까지 말이 없었다. 갈 때와 다르게 무거운 분위기를 감지한 희나도 말을 아꼈다. 무당

74

집으로 돌아와 신당 앞에서 무당은 알 수 없는 주문을 외웠다. 무령의 방울 소리가 길고 진득하게 이어졌다.

"결혼을 해야겠어? 그놈 제대로 된 놈 아냐. 홀렸어. 귀신한테 홀렸네. 이미 언니한테 마음 없어. 마음이 콩밭에 가 있는데 육체만 가지고 무얼 할 것이야."

"귀신이 붙었으면 쫓으면 되잖아요?"

겨우 헤어지라는 소리나 하는 무당의 단순한 해법에 화가 나서 따졌다.

"귀신 쫓는 부적이라도 써줘요."

"허!"

"왜? 신참이라, 아직 부적 쓰는 법은 몰라?"

"부적 쓴다고 돌아올 것 같으면 벌써 써줬지. 둘이 사랑해. 그 영화 알지? 천녀유혼. 여자가 귀신이었잖아. 그거랑 똑같아. 둘이 주인공이고, 언니가 들러리야. 들러리 할 거면 써주지. 그래서 행복할 것 같으면."

내 행복은 내가 찾는다. 부적 쓰는 비용으로 50만 원, 출장비 20만 원. 총 70만 원을 계좌 이체하고 무당집을 나왔다. 옆에서 내 걱정을 하며 그래도 부적 쓰면 괜찮아질 거라고 말하는 희나의 뺨을 괜히 한 대 치고 싶은 기분이었다.

"야, 너희 둘이 짜고 친 거 아냐? 저런 게 무당이야?"

"무슨 소리야? 너 때문에 점장 눈치 봐가며 휴가 냈더니. 너, 기분 나쁜 건 알겠는데……."

"됐다."

나는 희나의 말을 자르고 혼자 돌아왔다. 그 자리에서 부적을 찢어버리고 싶었지만, 50만 원을 허공에 날릴 수는 없었다. 하나는 지호가 자는 베개 밑에 넣어두고, 하나는 지호의 몸에 항상 지니라고 했다. 귀신을 쫓는 부적이라 귀접을 할 수 없지만, 그럴수록 지호가 귀신을 그리워하게 될 거라고 했다. 그러니까 이 부적은 양날의 검이었다. 부적을 쓰면 지호는 귀신을 사랑한다는 걸 깨닫고 그리워하게 된다고. 세상에 하하하, 말이 안 되잖아. 헛웃음이 자꾸 나왔다.

지호의 집에는 지호의 아버지뿐이었다. 나는 지호의 급한 심부름 때문에 잠깐 들렀다고 둘러댔다. 지호의 아버지는 뜻밖의 손님을 반가워하며 나를 앉히고, 냉장고를 뒤져 사과를 깎기 시작했다. 평일 한낮의 텔레비전에서는 장가계 여행 상품 판매가 한창이었다. 동양의 신비, 599,000원! 꾀꼬리 같은 목소리로 구매를 부채질하는 소리를 들으며 살그머니 지호의 방으로 들어갔다. 전에 봤던 종이학이 그대로 있었다. 역시나 지호가 허물을 벗어놓은 옷더미가 침대 위에 쌓여 있었다. 결혼 전에 필히 고쳐야 할 나쁜 버릇이었다. 나는 책상에 붙은 모든 서랍을 열어봤다. 나와 함께 찍은 스티커 사진이 뭉텅이로 나왔고, 의심할 만한 물건은 보이지 않았다. 손에 잡히는 건 묵은 먼지와 부질없는 의심뿐이었다.

"급한 건 찾았어요?"

지호의 아버지가 어느새 문을 활짝 열고, 접시를 든 채 서 있었다. 언제부터 거기서 지켜보고 있었던 거지. 나는 불쾌함을 꾹 누르고 미소를 지으려 노력했다.

"깜짝이야. 노크하셨어요? 아버님."

"미안해요. 노크는 했는데 바빠서 못 들었나 봐요. 볼일 봤으면 와서 과일이나 먹고 가요."

"바쁜데……요……. 지호가 서류 위치를 제대로 안 알려줘서. 좀 더 찾아봐야겠어요."

"주인도 없는 방을 그렇게 이 잡듯 뒤지면 쓰나."

할 일 없는 곰이 텔레비전이나 볼 것이지, 웬 참견. 자기 일을 왜 여자친구한테 미루냐면서 금방 지호에게 전화를 할 것처럼 굴었다. 나는 그가 거실로 등을 돌린 사이, 급하게 베개 밑에 부적을 쑤셔 넣었다. 지호의 옷에 지니라고 해봤자, 듣지 않을 게 뻔해 두 장을 한꺼번에 넣었다. 왜 안 나와요? 늙은 곰이 또 재촉해서 그를 따라 거실로 갔다. 사과는 냉장고에 오래 보관돼 있었는지 텁텁한 식감이었다. 서로 할 말이 별로 없었다.

"아버님, 앨범 보고 싶어요. 지호 어릴 때 모습이 궁금해요."

지호의 아버지가 텔레비전 옆 5단짜리 진열장을 가리켰다. 호기심이 많네, 다 꺼내서 봐요. 그의 허락에 냉큼 앨범 세 권을 꺼내 왔다. 앨범을 펼쳐 들자, 지호의 아버지는 내 옆으로 와 참견을 하기 시작했다. 이 집안에 비밀을 찾아내려고 눈에 불을 켜고 보던 나는 지호의 어린 시절 모습에 슬며시 웃고 말았다. 전부 다 혀를 내밀고 메롱을 하는 지호. 개구쟁이처럼 나온 사진을 한 장 뺐다.

"가져도 돼요?"

"가져. 좋아하는 사람이 임자지. 아무도 안 보는걸."

어느새 지호의 아버지는 자연스럽게 말을 놨다.

"지호한테 듣기론 자연이네 집도 죽을 고생해서 지금은 떵떵거리며 산다지, 우리 집도 그래요. 얼마나 천생연분이야. 자연이네는 꽃게 죽여서 부자 되고, 우리는 급전 필요한 사업가들에게 돈 빌려줘서 부자 되고."

말하는 투를 보니 지호의 어머니는 은행이 아니라 사채를 했었나 보다. 이건 지호를 만나서 따져볼 일이다. 나는 앨범에서 시선을 떼고 지호의 아버지를 바라봤다. 그가 내 손을 잡아왔다. 고생 한 번 안 해본 부드러운 손이었다. 평생 게를 담그고 발라내느라 거칠어진 부모님의 손길과는 달랐다. 나는 손을 거의 뿌리치듯 털어냈다. 땀이 차서…… 무안해하는 지호의 아버지에게 얼버무렸다. 나는 앨범을 탁 소리 나게 덮었다. 뒤쪽에 아무렇게나 끼워져 있던 사진들이 옆으로 쏟아졌다.

"이 사람은 누구예요?"

사진 속 중학생 지호와 함께 팔짱을 끼고 선 젊은 여자를 가리켰다. 칼 단발에 잡지 뷰티 모델을 했을 법한 빼어난 미인이었다. 지호는 종이학이 든 유리병을 소중히 안고 있다. 분명 지호는 교회 누나가 고백하며 줬다고 했는데, 교회 누나라고 하기에 그녀는 성인이었다.

"아아, 우리 처제. 죽었어."

"……지호를 많이 예뻐했나 보죠?"

"예뻐했다 뿐이야, 즈이 엄마 바쁘고 하니까 처제가 업어 키웠지."

지호의 아버지는 그것도 마음에 들면 가져가라고 해서 챙겨 나왔다. 곧바로 희나에게 사진을 전송했다.

5

맞아. 이 여자야. 희나가 카톡 메시지로 확인을 해주었다. 그러니까 몇 주 동안 나타나 우리의 섹스를 구경한 단발머리 귀신의 정체는 지호의 이모였다. 희나가 누구냐고 물어봤지만, 대답을 할 수 없었다. 지호는 이모와 귀접을 한 셈이니까 근친이라는 얘기다. 지호의 집을 예고 없이 다녀간 이틀 뒤에 지호가 보자고 했다.

나는 지호를 집으로 불렀다. 아무래도 그런 얘기는 사적인 공간에서 하는 게 나을 것 같아서였다. 집으로 온 지호는 주머니에서 구겨진 부적을 꺼냈다. 매일 베개 커버를 교체하는 것도 아닐 텐데 빨리 들켰다.

"너지?"

"어."

나는 잘못한 게 없었다. 굳이 따지자면 잘못은 지호에게 있었다. 단발머리 귀신을 불러온 지호에게. 지호는 나의 당당한 태도에 잠시 당황하다가 무슨 짓인지, 어떤 종류의 부적인지 말해달라고 했다. 내가 대는 이유가 타당하다면, 봐줄 용의도 있다고 했다. 딴 년이랑 잔 건 내가 아니라 지호였다. 나는 지호의 상황을 확실히 인지시켜주기 위해 그동안의 자초지종을 빠짐없이 말했다. 지호는 단발머리 귀신을 봤다고 했을 때는 기막혀하더니 단발머리 귀신의 정체에 대해 말하자, 나를 집어던지기라도 할 것처럼 무서운 표정을 지었다.

"너 미쳤구나."

이런 반응을 예상했다.

"넌 기독교라 안 믿겠지만, 난 귀신을 봐. 계속 우리 사이에 귀신이 끼어든다면, 나는 이 결혼 다시 생각해봐야겠어. 그러니까 나한테 솔직하게 말해줘야 해. 응? 지호야. 난 정말 널 도와줄 수 있어. 최선을 다 할 거야. 사실대로 말해줘. 이모랑 무슨 사이였어? 이모는 왜 죽은 거야?"

"야, 임자연! 너 말이면 다인 줄 알아?"

지호가 내 어깨를 잡고 미친 듯이 흔들었다. 자신은 결백하다는 듯 안타깝게 나를 바라봤다.

"이모랑 잤지? 둘이 근친이었지? 더러워 죽겠어."

짝. 지호가 내 뺨을 쳤다. 불덩이에 닿은 듯 내 왼쪽 뺨이 화끈거렸다. 지호는 씨발, 욕설을 내뱉고는 곧바로 미안하다고 사과했다. 때린 건 실수였다. 그렇지만, 참을 수가 없었다고.

"사진 속 여자는 이모 맞아. 교회 누나랑 잠깐 헷갈린 거야. 워낙 오래전이라……."

"거짓말을 하려면, 개연성은 맞춰줘. 교회 누나도 죽고, 이모도 죽고 그게 말이 돼?"

"이모는 살해당했어. 그래서 말하고 싶지 않았어. 그걸 말하면, 우리 집이 사채를 했다는 걸 말해야 하니까. 이모는 빚쟁이한테 살해당했어. 나도 어릴 때라 자세한 내막은 몰라. 좋아했던 가족이니까 트라우마로 남기도 했고. 그래서 둘러댄 거야. 그런 내막을 말할 수 없었어."

"증거 대봐."

"뭐?"

"살해당했다면, 증거가 있을 거 아냐. 뉴스에 나왔다거나 사망진단서 같은 거!"

나는 거의 울부짖으며 지호에게 사실 여부를 확인해달라고 말하고 있었다. 지호의 말이 맞다면, 구천에 떠도는 이모의 혼을 달래주고 영혼결혼식이라도 올려주면 그만이었다. 물론 내 남자와 잔 것은 꽤씸했지만 말이다.

"내가 왜, 이걸 증명해야 하지. 몇십 년 전에 죽은 이모랑 나랑 잤다고 하는 네가 제정신이 아니야. 너 누구야?" 지호가 뒷걸음질 치며 말했다.

"지호야."

"귀신에 홀린 건 내가 아니라, 너야. 우리 결혼은 없던 일로 해."

"잔 거 맞네."

"그래. 그렇다 쳐. 때려서 미안하다. 갈게."

귀신이 그렇게 좋으냐고, 등 뒤에 대고 소리쳤다. 발소리가 멀어질수록 내 외침은 더 처절해졌다. 지호가 두고 간 부적을 갈기갈기 찢어버렸다. 내가 무슨 짓을 한 거지? 뒤늦게 지호를 붙잡으려고 지하 주차장으로 내려갔다. 지호의 차는 보이지 않았다.

단발머리 귀신한테 졌다.

6

부모님은 일주일에 하루는 꼬박꼬박 전화를 해오던 예비 사위의 전화가 왜 없는지 조심스럽게 물었다. 너희 싸웠니? 아직 헤어짐을 인정할 수 없어서 지호가 해외 출장 중이라고 둘러댔다. 보름쯤 머문대요. 두 달을 넘어가자, 부모님도 더 묻지 않았다. 혼수나 집이 문제라면, 상의를 해주면 좋겠다는 말을 귓등으로 흘렸다. 그런 문제였으면 해결이 쉬웠을 테지. 나는 이번에 물러서면, 주도권 다툼에서 질 거라는 생각에 끝까지 버티기로 했다. 지호가 다시 연락해올 거라는 굳은 믿음이 있었기에 가능했다. 무작정 지호에게 찾아가 우리 화해하자고 붙잡고 싶어질 때면, 발걸음을 돌려 희나네로 향했다. 쌍둥이들의 정신없는 소란을 듣고, 학교 숙제를 도와주며 시간을 보냈다.

그날도 그랬다. 지호의 회사 근처 카페에 앉아 시간을 때웠다. 지호를 볼 수 있을까 싶었다. 잘 지내고 있는지만 확인할 참이었다. 커피를 한 잔 더 시키고, 어느새 두터워진 사람들의 옷차림을 살폈다. 예정대로였다면, 이맘때 드레스를 보러 갔을 것이다. 독한 놈. 사랑한다더니…… 나는 바람결에 따라 떨어지는 낙엽을 보며 바스러지는 시간의 소멸을 생각했다. 우리의 시간이 얼마나 짧고 소중한지를.

휴대전화에 지호의 이름이 뜬 건 바로 그때였다. 혹시 지호가 근처에서 나를 지켜보고 있을까 봐 최대한 담담하게 전화를 받았다. 여보세요. 흐느끼는 목소리는 지호가 아니었다. 불행이 내 운명을 향해 내리꽂는 순간이었다.

"아가야. 지호가 사고를 당했어. 애가 아무리 불러도 안 깨어나네."

그다음 말이 뭐라고 했는지 잘 들리지 않았다. 지호 어머니의 목소리가 웅웅거리며 급작스러운 지진처럼 한순간에 무너져 정신을 차릴 수 없었다. 내가 지호의 회사 앞 카페에서 시간을 때우던 같은 시각, 지호는 연차 휴가를 내고 혼자서 애니메이션 영화를 보러 갔다. 인도를 걸어가던 중에 제네시스가 지호를 향해 그대로 돌진했다. 면허를 딴 지 두 달밖에 안 된 60대 운전자는 운전 미숙으로 지호를 죽였다.

가끔 지호에게 연락을 하고 싶을 때, 지호가 죽었다고 가정한 적은 있었다. 죽은 사람한테 연락을 할 수는 없으니까, 심장이 떨어져 나가는 기분은 아주 잠깐이었고 이후에는 익숙한 평온이 찾아오곤 했다. 그렇지만, 진짜로 지호가 죽는 건…… 사기였다. 온 세상이 나를 상대로 치는 사기였다. 나더러 그걸 어떻게 믿으라고. 사실을 믿을 수가 없어서 고독했다. 영안실에서 마주한 하얀 지호의 얼굴 위에 난 길고 어긋난 상처들이 너무 가슴 아파서 몇 번이고 쓰다듬었다. 그 상처가 이제는 영영 아물 기회가 없다는 게 믿기지 않았다.

"왜 싸웠는지 알 수 있을까?" 장례를 끝내고 지호의 어머니가 물었다.

지호와 나눈 마지막 대화가 집안의 비밀로 점철된 더러운 종류의 이야기라서 어디서부터 어디까지 말해야 할지 말문이 터지지 않았다. 다 끝난 지금에야 지호의 말이 진실이었나, 헷갈렸다.

"그냥 흔한 사랑싸움이었어요."

지호가 없는 지호의 방에 들어갔다. 주인을 잃은 침대 위옷 무더기가 쓸쓸하게 보였다. 나는 옷을 하나하나 정리하고 개어 옷걸이에 걸었다. 그리고 지호의 책상 위를 차지한종이학이 든 유리병과 추억이 깃든 사진 몇 장을 챙겼다.

7

무당의 말이 계속해서 마음에 걸렸다. '둘이 사랑해. 그 영화 알지? 천녀유혼. 여자가 귀신이었잖아. 그거랑 똑같아.둘이 주인공이고, 언니가 들러리야.' 영혼결혼식을 생각한건 그 때문이었다. 영혼결혼식은 나를 위한 의식이기도 했다. 지호가 다른 여자와 결혼한다면, 그에 대한 부질없는 미련이 사라지지 않을까 하는.

몇 달 동안, 나를 괴롭히던 단발머리 귀신과 지호의 사랑을 이어주기로 했다. 300만 원을 내면, 준비는 무당 쪽에서알아서 한다고 했다. 내가 준비할 것은 여자의 사진과 지호의 사진, 지호의 물건 몇 개였다. 지호의 이모 이름을 알아내는 건 어렵지 않았다. 유리병 바닥에 그녀의 이름이 붙어 있었고, 지호의 어머니에게 전화를 걸어 확인했다. 날짜를 잡고 인터넷으로 내가 벌이려는 짓의 의미를 찾아봤다. 확신이 서지 않았다.

"와서 볼 필요 없어. 언니가 안 보는 게 오히려 좋아, 걔들한테. 언니한테 잡귀 잘 들러붙는 거 알지? 굿 끝나면 사진이랑 영상 찍어서 보내줄게."

무당의 말에 나는 안심했다. 아무리 영혼결혼식이라지만, 지호가 다른 여자와 결혼하는 꼴은 볼 수가 없었다. 무당에게 지호의 이름이 붙은 파일을 전달받고 확인도 하지 않았다. 전혀 후련하지 않았다. 예상만큼 지호를 잊을 수도 없었다. 오히려 점점 또렷해지는 사랑의 기억 때문에 나는 망가졌다. 집 앞에 있는 이자카야를 매일 갔다. 주인은 어느 순간부터 구석진 자리를 나를 위해 항상 비워두기 시작했다. 주인은 길거리에서 흔히 볼 수 있는 아저씨였다. 성적인 매력이 하나도 없는.

집에 데려다주겠다는 주인의 친절을 가장한 흑심을 알면서도 거부하지 않은 건 죽고 싶어서였다. 나를 파괴하고 싶은 본능에 집 안으로 그를 들였다. 나랑 자고 싶으면 해요. 당신 맘대로 해도 좋아. 그는 기다렸다는 듯 조금도 머뭇거

리지 않았지만, 손길이 다정하고 부드러웠다. 타인의 살결
은 이상하게 눈물겨웠다. 내가 그의 뺨과 입술에 마구 키스
를 하는 동안, 타타다다닥. 빠른 발소리가 들렸다. 동물 혼
은 가게 주인이 마음에 들지 않는 모양이었다. 자꾸 제자리
에서 뛰었다. 괜찮아. 놀랄 거 없어. 나는 소리가 나는 쪽으
로 고개를 들어 시선을 보냈다.

그때 나는 꽤 오랜만에 단발머리 귀신을 보았다. 동물 혼
이 가까이 다가오는 단발머리 귀신을 쫓고 있었다. 나는 완
벽하게 단발머리 귀신을 오해하고 있었다.

아…… 그녀가 아니라 그였다.

"왜요?"

내가 행위를 멈추자, 가게 주인이 물었다.

"지호 말이 맞았어요. 귀신한테 홀린 건 지호가 아니라,
나였어요."

"지호가 누군데요?"

8

무당이 준 파일을 뒤늦게 확인했다. 벌써 두 달 전에 받은

파일이었다. 초례상이 올려진 사진, 무당이 신랑 신부 인형을 안고 있는 사진, 굿을 진행하는 사람들, 사진을 네 장까지 넘기다가 구글링을 해봤다. 역시 예상했던 대로 인터넷에서 긁어모은 사진들이었다. 마우스를 누르는 속도가 빨라졌다. 40장의 사진 중, 내가 준 지호의 사진이나 물건들이 전혀 보이지 않았다. 300만 원을 허공에 날렸으며, 영혼결혼식은 처음부터 없었다. 처음 든 생각은 다행이라는 감정이었다. 지호를 내 마음대로 결혼시킨 것을 내내 후회하고 있었기 때문이다. 곧장 희나에게 전화를 걸었다. 전화기 너머로 쌍둥이들의 말소리가 들렸다. "누구야, 자연 이모야? 이모 요새 왜 안 와?" 하는 목소리가 울렸다.

"너 진짜 요새 왜 안 오니?"

"희나야. 단발머리 귀신을 봤어."

내 말에 저쪽에서 말이 없어졌다.

"남자였잖아. 왜 거짓말했어?"

"힛. 실수였어. 미안해. 근데 네 애인도 우리 남편처럼 교통사고로 죽고, 우리 정말 남자 보는 눈이 비슷한가 봐."

"이 씨발년아."

전화는 무책임하게 끊겼다. 나는 희나의 집을 찾아갔다. 문을 열어주지 않아 악을 쓰고 행패를 부렸다. 희나는 물론 쌍둥이들까지 모조리 다 죽이고 싶은 심정이었다. 경찰이 와도 희나는 절대 문을 열어주지 않았다.

다시 무당집을 갔다. 신당을 지키고 있는 사람은 전에 본 어린 무당이 아니었다. 나이 지긋한 아주머니였다.

"여기 무당이 두 명이에요?"

나의 질문에 무당이 어이없다는 듯 웃었다. "신당 같이 쓰는 무당이 어딨어."

"그럼 전에 있던 여자는 누구예요?"

"여자?"

아주머니가 기억을 더듬는 듯했다. 아주머니는 절에 가 있는 기간에 신당을 영화 촬영이나 예능 프로그램에 빌려준다고 했다.

"신당을 막 빌려줘도 돼요?"

"내가 신빨이 다 떨어져서 그 정도 투잡은 우리 할머니도 이해한대요."

하하. 이제 무당집도 장소 대여를 하는구나. 내가 더 할 말을 찾지 못하고, 방 안을 맴돌자 아주머니가 한마디 했다.

"아가씨 수호신이 장난기가 심하네. 우리 할머니가 크게 꾸짖네."

"수호신이요? 단발머리하고 있어요?"

"아가씨 귀신 볼 줄 알지? 산 사람이 사람을 볼 줄 알아야지. 귀신만 보면 뭐하누. 주변에 사람 하나 없어. 죄다 귀신뿐이야."

그러게나 말이에요. 귀신 보느라 사람을 못 봤어요. 처음부터 내게 붙은 단발머리 귀신을 보지 못했다면, 지호와 싸우는 일 따윈 없었을 테고, 지호도 죽지 않고 우리는 결혼을 했을 것이다. 내가 주저앉아 울음을 터뜨리자, 아주머니가 두루마리 휴지를 건넸다. 지호가 보고 싶었다. 그래서 지호의 이야기를 한참 동안 했다. 아주머니는 함께 울어주었다. 아까부터 내 옆에 붙은 남자가 계속 울고 있길래, 내가 들어올 때부터 가슴이 아팠다고.

지호의 한을 풀어줄 수 있다고 해서 무당집에 500만 원을 계좌 이체했다. 굿을 할 날짜를 받았다. 이번에는 참석해서 꼭 지켜볼 예정이었다. 날이 금세 저물었다. 힛, 하고 어린 아이처럼 웃던 희나의 비웃음이 계속 머릿속에서 맴돌았다. 그 때문에 단발머리 귀신에 대해 까맣게 잊어버렸다.

머큐리 테일

◆

내가 이 집을 나가는 즉시,
수성은 파도에 형체가 가라앉는 모래성처럼
나를 한순간에 잊어버릴 것 같은 기분이 들었다.

아빠가 죽었다. 모든 일이 짧은 시간에 급하게 일어났다. 일주일에 걸쳐서 전문 잠수부들이 한강의 밑바닥을 훑으며 수색했지만, 시신은 찾을 수 없었다.

여자는 살았다. 여자는 운 좋게 출동한 해상 구조대에게 발견되어 즉시 구조됐다. 평일 대낮, 한남대교 갓길에 버려진 마세라티 승용차는 아빠의 차가 맞았다. 며칠째 교수님이 연락 두절이라며 집으로 제자들과 동료들이 연락을 해왔지만 가족들은 할 말이 없었다. 아빠는 스물한 살 여자와 눈이 맞아 집을 나갔고 우리와 연을 끊었다. 그게 겨우 3개월 동안 벌어진 일이다.

"그 양반은 완전히 맛이 갔어요. 재생세포 연구요? 아직 살아 있다면, 데려다가 치매가 걸린 건 아닌지 검사나 해보세요."

엄마의 입에서 험한 말이 나갔다. 평생 대학교 연구실과 가정밖에 모르던 다정한 아빠의 보살핌 속에서 공주처럼 살아온 엄마였다. 어린 여자에게 빠져 한순간에 버림받은 엄마는 배신감으로 체면 같은 건 잊어버렸다. 대학교 제자도 아니고, 술집 여자에게 꾀었다며 길길이 날뛰었고(이게 무슨 차이일까) 불륜녀를 잡아 죽이겠다고 별렀다. 언젠가 엄마와 두 살 터울인 이모가 함께 그녀를 찾아 나섰다. 플라스틱 통에는 그날 아침에 본 엄마의 변과 오줌이 담겨 있었다. 그렇게 작심하고 나간 두 자매는 먼발치서 여자를 바라보고 그냥 돌아왔다고 했다.

"니들보다 어리더라. 내가 뭘 할 수 있겠니, 그 병아리 같은 애를……."

경찰이 자료로 보여준 CCTV 화면에는 엄마가 병아리 같다던 여자와 아빠의 모습이 보였다. 차 안에서 두 사람은 뜨거운 애정 행각을 한참 동안 나눴다. 키스를 하고, 또 하고…… 환갑이 넘은 아빠가 뭐가 그렇게 좋다고. 더럽게.

두 사람은 함께 차에서 내렸다. 여자는 아빠의 허리에 착

달라붙은 채 다리 위에서 한강을 내려다보았다. 뭔가를 속삭였고, 다시 한번 진한 키스를 나누었다. 여자는 웃는 것 같았다. 아빠와 여자가 손을 잡고 함께 다리 밑으로 순식간에 사라졌다. 여자가 먼저 떨어져서 마치 아빠를 끌어당기는 것 같은 그림이었다. 경찰 조사 기록에 적힌 여자의 이름이 선명하게 눈에 와 박혔다. 이수성.

시신도 없이 장례를 치렀다. 아빠와 함께 프로젝트를 진행하던 연구진들과 제자들이 몰려와 믿을 수 없어 했다. 교수님의 죽음으로 인류의 미래를 바꿀 수 있었던 프로젝트가 중단됐습니다. 아빠와 수시로 밤늦게까지 서재에서 술을 마시던 낯익은 연구원이 그렇게 말했다. 나는 아빠의 오래되고 지루한 연구 실적에는 관심이 없었다.

연구원에게 여자에 대해 물었다. "선생님, 아빠가 그 여자를 어떻게 만났는지 들은 거 있어요?"

"보물섬에서 만난 것으로 알고 있습니다."

"보물섬?"

"선릉에 있는 술집이에요. 젊은 사람들은 별로 안 좋아하는 곳이긴 한데, 보통 교수님들이 좋아하시더라고요." 연구원은 자신은 전혀 상관없다는 듯 말했다. "교수님이 순수하신 거죠. 보통 그런 여자들이랑은 하룻밤 놀고 마는데 살림까지 차리고 동반 자살까지 하셨으니…….”

그걸 칭찬이라고 늘어놓는 연구원의 말을 무시하고 나는 장례를 마치자마자 이수성을 찾았다.

아빠를 제대로 털었는지, 아니면 또 다른 호구를 잡았는지 이수성은 주변 경관이 좋기로 이름난 고급 빌라에 살았다. 친구들에게 연락을 돌려 같은 빌라에 사는 지인의 주소를 받아 사전에 입을 맞춰 빡빡한 경비를 뚫을 수 있었다. 아빠의 불륜녀를 찾아간다는 말에 모두 힘내라고 한마디씩 보탰다. 우리 집안일은 뉴스에도 나오고, 소문이 날 대로 나버려 이제 부끄러울 것도 없었다. 벨을 누르자 안에서는 누구세요, 한마디 없이 문이 열렸다. 수성보다 내가 더 당황했다. 수성을 혼내주러 갔다가 그냥 돌아온 엄마의 말대로 그녀는 작은 병아리 같았다. 아직 보송한 솜털과 모공이 전혀 보이지 않는 피부, 그늘이라고는 찾아볼 수 없는 해맑간 얼굴이었다. 뛰어난 미인이라기보다는 귀여운 고등학생처럼 보였다. 눈앞의 소녀가 늙다리 할아버지와 눈이 맞았다는 게 믿어지지 않았다.

“네가 수성이니?”

“네, 누구세요?”

“강병선 교수님 알지?”

수성은 전혀 모르겠다는 얼굴로 고개를 흔들었다.

별종을 다 보겠네, 나는 수성을 그대로 밀치고 집 안으로 들어가 문을 닫았다. 그녀의 또 다른 호구가 있을 것 같아 내부를 빠르게 스캔했다. 빛 한 조각 들어오지 않을 만큼 두꺼운 커튼이 아마도 채광이 좋을 거실의 빛을 흡수했다. 100인치 텔레비전이 틀어져 있었고 김치를 파는 홈쇼핑 광고가 한창이었다. 원형 테이블에는 앨범 사진이 펼쳐져 있었다. 한두 장 넘겨보니 수성의 어린 시절 사진들이 두서없이 널려 있었다. 추억 여행 중이었구나. 남의 집을 풍비박산 내놓고.

"병원에서 퇴원한 지 2주는 됐겠구나. 지금은 괜찮니?"

"네. 누구세요? 혹시 저를 아시는 분인가요?"

"강병선 교수 딸이야."

다시 떠오른 수성의 의뭉스러운 표정을 보며 내 인내심은 바닥났다. 나는 더 가타부타 말없이 수성에게 달려가 쥐어뜯기 좋게 포니테일 머리를 한 수성의 머리채를 틀어쥐고 마구 흔들어댔다. 수성은 악, 비명을 지르며 내가 패대기치는 대로 이리저리 끌려갔다. 이년아, 너랑 같이 한강에서 죽은 남자를 기억도 못 해? 미친년아, 너 일부러 그랬지? 우리 아빠가 어떤 사람인데, 너 같은 싸구려한테 놀아나! 뇌를 거치지 않고 나오는 말들을 뱉으며 쓰러진 수성의 뺨을 연달아 쳤다. 이성이 날아간 상태라 몇 대를 쳤는지 모르겠다. 수성의 입술이 터지고 빨간 핏물이 바닥에 흩뿌려졌다. 양볼이 빨간 풍선처럼 부풀어 오르고 내 손바닥이 마찰로 인해 불처럼 뜨거워졌을 때 그만두었다.

나는 일어나 암막 커튼을 걷고, 오후의 흐린 빛 아래에서 그녀를 내려다봤다.

"그 아저씨…… 기억났어요……. 이름을 잘 몰랐어요. 그냥 아저씨라고 불러서……."

물기 하나 없는 메마른 수성의 대답에 나는 다시 분노했다. 내가 행사한 폭력이 그녀에게는 아무 의미가 없는 것처럼 보였다. 진이 빠진 쪽은 나였다. 뉴스에 며칠 동안 나왔던 강병선의 이름을 어떻게 몰랐을 수가 있지. 그런 여자에게 빠져 죽음을 선택한 아빠의 어리석은 행동은 무엇으로 보상받을 것인가.

"그래! 그 아저씨! 어떻게 이름 하나를 기억 못 해? 얼굴은 기억나? 너 한두 번 아니지? 한두 명이 아니니까 기억을 못하고, 더럽게 살면서 남자 주머니 돈 훔치고, 보험금 챙겨서 이런 집에서 사는 거지?"

"미안해요. 내 일로, 지금은 내 일이 더 급해서 생각을 못했어요."

"네 일? 무슨 일? 왜, 술집 일이 끊기기라도 했어?"

나는 팔짱을 낀 채 여전히 바닥에 주저앉아 부은 제 뺨을 어루만지고 있는 수성을 관찰했다. 특이한 사람이었다. 그녀에게 뭔가 말로 설명할 수 없는 분위기가 있었다. 아무리 기가 세다 해도 나이가 한참 많은 윗사람에게 얻어맞고 난 뒤라면, 응당 수치라든지 모멸의 감정이 나와야 맞았다. 그러나 그녀는 내 뜨거운 분노를 그대로 튕겨내는 얼음 같은 냉담함을 품고 있었다. 술집에서 남자에게 몸을 판 여자 같지는 않았다.

"그때 죽었으면 좋았을 텐데, 저도 그 일은 안됐어요. 아저씨는 너무 지쳐 있었어요. 아저씨가 먼저 그러길 원해서 함께 해준 거예요. 안 그러면 아저씨 혼자 외로울 테니까."

"아빠 핑계 대지 마. 넌 살인자야."

"연주였나, 당신 이름? 아저씨가 당신을 아주 많이 사랑했어요."

자기와 함께 빠져 죽은 남자의 이름은 기억을 못 하고, 그 딸의 이름을 기억하는 건 무슨 경우일까.

"닥쳐!"

내 이름을 함부로 부르지 말라고 소리쳤다. 수성은 순순히 고개를 끄덕였다. 나는 그녀의 휴대전화를 뺏어 내 번호를 저장했다. 전화하면 재깍재깍 받으라고 너를 평생 저주하고 네 앞길을 막을 것이라고 했다. 수성의 표정은 변화가 없었다. 처음 문을 열어주고, 누구냐고 물었을 때와 똑같은 포커페이스였다. 내가 이 집을 나가는 즉시, 수성은 파도에 형체가 가라앉는 모래성처럼 나를 한순간에 잊어버릴 것 같은 기분이 들었다.

"너 혹시 치매니?"

"아뇨."

"내가 안 무서워?"

"네. 아저씨 딸이잖아요. 당신이랑 아저씨랑 되게 많이 닮았어요."

그때 남편에게 전화가 오지 않았다면, 나는 수성의 목을 부러뜨렸을지도 몰랐다. 물론 할 수 없었을 것이다. 말을 섞을수록 나 역시 엄마처럼 그녀에게 전투 의지를 점점 뺏기는 기분이었다.

아빠의 유산을 정리하면서 엄마조차 모르는 아빠의 이름으로 된 오피스텔이 하나 있다는 것을 알게 됐다. 주소를 확인하자, 수성의 집과 한강을 사이에 두고 서로 마주 보고 있었다. 수성이 집의 비밀번호를 알고 있을 것이다. 수성은 내 전화를 피했다. 며칠 뒤에는 아예 이용이 해지된 번호라는 안내음이 들렸다. 남편은 열쇠공을 불러 번호 키를 떼어내자고 했다. 나는 수성에게 물어보면 된다고, 조금만 기다려보자고 했다.

"수성, 수성, 너 매일 그 여자 이름 찾는 거 알아?" 남편이 말했다.

찾는 게 아니라, 필요에 의한 것이라고 변명을 했지만 통하지 않았다. 정신과 의사인 남편은 뭐든지 본인 말이 다 맞다고 생각하는 사람이었다. 나는 남편이 나서서 아빠의 오피스텔 문을 멋대로 따기 전에 수성을 만나야 했다. 아내도 자식들도 모르는 그 집에 뭐가 나올지 몰랐다. 그 집은 판도라 상자였다. 온갖 흉물스럽고 추악한 비밀이 그곳에 숨어 있을 것이다.

보물섬을 찾았다. 입구부터 경호원처럼 보이는 남자가 무슨 볼일이냐고 물었다. 나는 이수성을 찾는다고 말했다. 아빠의 휴대전화에서 찾은 화장기 없는 수성의 사진을 보여줬다.

"아, 명란이. 걔 그만뒀어요. 여기 자주 오던 교수님이랑 눈 맞고 나서 바로 다음 날 관뒀는데요." 경호원이 말했다.

그의 어깨 너머로 복도에서 여자들의 웃음소리가 한바탕

들렸다. 짧은 원피스에 팔짱을 끼며 걸어가는 여자들의 뒷모습이 보였다.

"명란이랑 친한 사람 있어요? 돈은 달라는 대로 줄게요."

내가 여자들에게 가서 말했다.

둘은 서로를 보다가 경호원의 눈치를 한 번 살피고, 그가 어깨를 으쓱해 보이자, 안쪽으로 들어가 한참 뒤에 다른 여자를 데리고 왔다. 수성과 비슷한 나이 또래로 보였고 이목구비가 큼지막한 화려한 미인이었다. 나는 여자가 이끄는 대로 작은 룸으로 들어갔다. 웨이터가 시키지도 않은 안줏거리와 양주를 세팅했다.

"저, 걔랑 별로 안 친해요. 여기서 걔랑 친한 사람 아무도 없어요."

"그런데 왜 사람들이 그쪽을 불렀어요?"

"화란이에요."

여자가 자신의 이름을 알려줬다. 나는 건성으로 고개를 끄덕였다.

"제가 남자친구랑 싸우고 집을 나와서 갈 곳이 없었거든요. 그때 명란이 집에서 한 달 정도 같이 살았어요."

"N빌리지 말하는 거죠?"

"네. 거기 엄청 좋죠? 그렇게 돈도 많은 애가 왜 이런 일을

104

하는지 몰랐어요. 걔 차도 포르쉐 몰아요. 그래서 왜 이 일을 하는 거냐고 물어봤더니 남자 사귀려고요, 이러더라고요. 그런 대답은 처음 들었어요."

"그래서 사귀었나요? 이 남자, 저 남자 사귀고 사기나 치고 그랬을 거 같은데?"

화란이 나를 천천히 훑어봤다. 뒤늦게 내가 그녀를 찾는 이유가 궁금했던 모양이었다. 나는 시치미를 떼고 결코 말하지 않겠다는 눈빛으로 화란을 바라봤다.

"방송이나 유튜버만 아니면 말해줄게요."

"내가 어딜 봐서 기자처럼 보이죠?"

"사실 의사처럼 보여요."

나는 화류계 여자의 안목에 놀라며 짐짓 아무렇지 않은 척 토끼 모양으로 멋을 낸 과일을 먹었다. 이런 곳에 온다고 신경 써서 금색 페이즐리 블라우스와 트렌치코트를 걸쳤다. 둘 다 평소에는 잘 입지 않는 옷이었다.

"그냥 찍은 거예요. 판검사보다는 살짝 덜 거만하거든요, 의사는. 손톱도 짧고."

"학교 다닐 때 찍기 선수였나 봐요."

내 농담에 화란은 살짝 웃었다. 그러자 앳된 원래의 얼굴이 드러났다.

"명란이는 친구 같은 거 사귀지 않았어요. 물론 2차는 나
갔지만, 선물이나 팁 같은 것에 전혀 신경 쓰지 않았어요.
그렇게 돈도 많으니 당연한 거겠지만요. 그런 점들 때문에
애들이 경계했어요. 부잣집 딸이 여기서 인생 경험을 하는
건가, 그런 허무맹랑한 소문도 돌았고요. 아무튼 그러다 웬
쉬내 나는 노인네 하나랑 눈 맞았어요. 언니도 알 거예요.
뉴스에도 나왔다던데. 노인네가 좀 유명했나 보죠? 그래서
언니도 궁금한 거고?"

"노인네, 할아버지가 어땠죠?"

"음, 젠틀한 축은 아니었죠. 오히려 반대지. 명란이가 그
노친네랑 눈 맞아서 그만둘 때 다들 놀랐다니까요. 소문만
무성했어요. 노친네가 이 바닥에서 더럽게 놀기로 유명했거
든요? 변태적인 거 좋아하는 취향으로요. 진짜 더러웠어. 저
한테도 오줌을…… 아, 아니다. 언니 표정 무서워서 그만 말
할래요."

과연 눈치가 빠른 여자애였다. 나는 화란에게 지갑에 있
던 현금 30만 원을 건넸다.

"내가 그 노친네 딸이에요."

"아……."

삼가 고인의 명복을 빈다는, 화란의 어색한 인사를 나는

건성으로 받았다. 웨이터가 건넨 계산서 금액을 확인하고 군말 없이 계산했다. 계단을 올라가는데 시야가 뒤틀리고 어지러웠다. 아빠가, 이 바닥에서 더럽게 놀기로 유명했다고. 화란의 말이 귀에 달라붙어 떨어지지 않았다. 나는 남편에게 카톡을 보냈다. 절대 내 허락 없이 오피스텔의 문을 열지 말라고.

　　N빌리지에 사는 지인에게 부탁해 내 차량을 등록했다. 수성의 집을 두드렸지만, 그때처럼 문을 열고 나오지 않았다. 항상 두꺼운 암막 커튼을 쳐놓고 사는지, 아니면 그녀가 죽었는지 302호의 불은 한 번도 켜진 적이 없었다.

　　일주일이 넘도록 그 집 주변을 돌아다녔다. 장례 이후, 줄곧 내 걱정을 해준 병원 동료 원장에게 양해를 구해 2주간 휴가를 냈다. 한적한 동네에 위치한 내과 그 혼자 해도 크게 힘들진 않을 것이다. 남편에게도 똑같이 거짓말을 했다. 오키나와에 사는 친한 언니네 집에서 머리를 식히겠다고 했다. 나는 오키나와 대신, N빌리지 근처를 배회하며 맞은편 상가 카페에서 커피를 시켜두고 잠복하거나 지하 주차장에서 차를 대고, 그녀가 나오길 기다렸다. 내가 생각해도 수성에 대한 나의 집착은 비정상적인 데가 있었다. 기다리는 동안 나는 CCTV에서 봤던 영상을 머릿속에서 무한 재생하고 있었다. 수성이 아빠의 손을 잡고 한강에 빠지는 그 장면. 동반 자살이 아닌 계획된 살인이 아닐까 싶은 굳은 심증.

고맙게도 나의 인내심이 고갈되기 전, 수성이 나타났다. 라디오에서 나오는 나른한 클래식 음악에 선잠에 빠질 때쯤 가벼운 발소리가 들렸다. 포니테일로 높게 묶은 머리 스타일과 화장기 없는 얼굴, 후드 집업에 청바지 차림이었다. 들고 온 낡은 백팩을 조수석에 올려두고 수성은 차에 탔다. 내 차도 약간의 텀을 두고, 곧바로 수성을 따라갔다.

그녀의 스포츠카는 경부고속도로를 타고 순식간에 서울을 벗어났다. 분당을 지나고 몇몇 휴게소를 지났다. 시간은 새벽 2시를 넘어서고 있었고 하향선 도로는 뻥 뚫려 있었다. 스포츠카의 성능을 시험이라도 하듯 엄청난 굉음을 내며 도로를 질주했다. 제한 속도는 간단히 무시하며 최대치를 밟았다. 그래서 나는 중간에 그녀를 몇 번이나 놓칠 뻔했다. 제한 속도를 준수하라는 내비게이션의 경고음이 쉴 틈 없이 울려대서 아예 꺼버렸다. 어디로 가는 거야. 계기판에 뜬 기름은 충분했다. 쏜살같이 천안과 논산, 전주를 지났다.

화순. 어디 붙어 있는지조차 잘 몰랐던 시골로 향했다. 주변이 온통 논밭이었고 그녀와 내 차 말고는 주변에 보이는 차는 없었다. 그래서 나는 간격 조정을 해가며 주의 깊게 그녀의 차를 따라붙었다. 수성의 차가 멈춘 곳은 폐건물만 남은 곳이었다. 입구에 붙은 '즐거운 어린이의 집'이라고 닳아빠진 간판을 인터넷 검색 사이트에서 검색해보니 예전에는 보육원이었다. 2006년 폐원되었고, 지금은 누구도 찾지 않는 곳이었다.

수성은 차에서 내려 휴대전화 플래시도 켜지 않은 채 캄캄한 어둠이 깔린 보육원 입구 안으로 들어갔다. 나는 멀찍이 차를 대고 내렸다. 무섭고 꺼림칙한 기분이 들어서 용기가 나지 않았다. 칼이라도 챙겨올 걸 후회했다. 어둠 속에서 눈이 익숙해지기를 기다렸다. 무릎까지 자란 잡풀 사이를 가르며 3층짜리 보육원 건물을 바라봤다. 수성은 이미 내부에 들어가 보이지 않았다.

만약, 이게 함정이라면?

두려움에 오만 가지 생각이 들었고, 내 다리를 주춤거리게 만들었다. 결국 나는 차에서 내리지 못했다. 눈앞의 이상스러운 년이 내가 오길 기다렸다가 문틈에서 튀어나올 것 같았기 때문이다. 하늘이 신비로운 파란색으로 바뀌며 서서히 해가 뜰 조짐이 보였다. 그때 수성이 나왔다. 어제와 같이, 조금도 표정 변화가 없는 단정한 얼굴이었다. 차에 탄 수성은 한동안 움직임이 없었다. 자는 걸까. 두 시간이 지나도 주차된 수성의 차가 움직이지 않자, 나는 수성이 잠이 든 것으로 결론지었다. 보육원에 다시 들어가보기로 했다. 상체를 낮추고 보육원 정문이 아닌 옆문으로 들어가려고 할 때, 뒤에서 차 문이 열리는 소리가 들렸다. 나는 우뚝 걸음을 멈추고 뒤를 돌아봤다. 수성이 차에서 반쯤 몸을 내리고 나를 보고 있었다.

"여기 담당자세요?"

이런. 그녀의 물음에 헛웃음이 나왔다. 수성은 내가 누군지 전혀 기억하지 못하는 얼굴이었다. 내 아버지의 이름을 잊었듯이 그사이에 나도 까맣게 잊어버린 것이다.

"아뇨."

내 짧은 대답에 실망한 수성은 어색한 미소를 짓더니 다시 차 안으로 들어갔다. 치매? 아니면 안면인식 장애? 그녀는 아빠의 오피스텔 비밀번호 따위는 이미 잊어버렸을 것이다. 내가 여전히 의심스러운 눈길로 그녀를 보고 있었지만, 수성은 운전석에서 뭔가에 열중하고 있었다. 몇 걸음 다가가 차 안에 있는 그녀를 살펴보니 예전에 집에서 보았던 앨범을 내려다보고 있었다. 나는 차창을 두드렸다. 꽤나 집중하고 있었던 듯 수성이 깜짝 놀라며 나를 바라봤다. 수성이 차창을 반쯤 내렸다.

"여기 보육원 출신이에요?"

내 물음에 수성은 잠시 고민했다.

"……그런 것 같아요. 지나간 일을 잘 기억하지 못해요. 기억이 모두 희미해요. 블러 처리를 한 것처럼 말이죠. 지금 당신이랑 얘기를 나누면서 당신이 누구인지 깨달았어요. 아저씨 딸, 연주…… 여기 관계자가 아니라 날 쫓아왔군요."

수성은 얼굴을 찡그리며 차에서 내렸다. 사방을 둘러봤다. 바람에 잡풀들이 노니는 소리만 들렸다.

"연주 씨, 귀찮게 쫓아다니지 마세요…… 아저씨처럼 죽고 싶지 않으면요. 내가 당신한테 해줄 수 있는 말은 그것뿐이에요."

수성이 그 말을 하지 않았다면, 수성을 더 쫓지 않고 아빠의 오피스텔의 비밀번호를 묻고 난 뒤 집으로 돌아갔을 것이다. 나는 수성의 적반하장 격인 협박에 폭발했다. 내 생각이 맞았다. 그녀가 의도를 갖고 내 아버지를 죽인 것이라는 강한 의혹은 진실이었다. 내가 손을 들어 또다시 수성의 포니테일 머리채를 잡고 흔들기 전, 수성은 재빨리 차에 타 문을 잠갔다. 내가 차창을 두드리며 문을 열라고 소리쳤다. 수성은 그런 나를 수심 깊은 눈동자로 바라보았다.

"네가 죽인 게 맞아! 일부러 돈 때문에 죽였지?! 그런 거지?! 이 살인자야."

수성의 차는 후진을 하고 나를 팽개치며 떠났다. 폴폴 날리는 먼지가 눈에 들어와 눈물이 났다. 이대로 놓칠 수는 없었다. 방금 그녀는 내게 자백을 한 거나 마찬가지였다. 나는 정신을 차리고 내 차로 뛰어갔다. 나가는 길은 한 길뿐이었다. 수성의 뒤꽁무니를 찾아 미친 듯이 기속 페달을 밟았다. 화물차와 빈 택시들, 후락한 상가들 사이에서 그녀의 꽁무니를 놓쳤다.

다시 서울로 돌아왔다. 아빠의 오피스텔에 도착해 열쇠공을 불러 문을 땄다. 20평 남짓한 오피스텔은 주방과 방이 분리된 단순한 구조였다. 마지막 방문 때 불을 끄는 것을 깜빡했는지 모든 스탠드가 켜져 있었다. 책상으로 쓰는 기다란 테이블 위에는 아빠의 연구 자료들이 산더미처럼 쌓여 있었다. 내가 뭘 생각한 걸까. 룸살롱 창녀의 말만 믿고, 평생 존경해온 아빠를 한순간에 믿지 않다니. 통창을 향해 있는 테이블에 앉았다. 밖에는 한강 다리에 설치된 불빛들과 꼬리물기를 한 자동차들의 붉은색 미등이 보였다. 그리고 고개를 좀 더 들면, 정확히 수성의 집이 보였다. 만약 수성이 지금 집에 있어서 까만색 암막 커튼을 걸고 있었다면 아빠는 언제고 수성을 지켜볼 수 있을 위치였다. 뒤를 돌면, 퀸사이즈 침대가 한가운데에 있었다. 공간 활용에는 최악의 가구 배치였겠으나 아빠는 그런 걸 따지지 않은 것 같았다. 오직 수성을 지켜보기 위한 배치였다.

두껍고 재미없는 책들을 모두 펼쳐보았다. 침대 옆에 둔 서랍장과 붙박이 옷장을 뒤졌다. 옷장에는 포장도 뜯지 않은 베르사체 원피스가 있었다. 수성에게 줄 선물이었던 것 같다. 나는 그것을 뜯어 입어보았다. 허벅지가 훤히 드러나고 몸에 착 달라붙는 실크 소재가 내게 그리 어울리지 않았다. 옷을 벗어 던지고, 나는 다시 뭔가를 찾기 시작했다. 침대 밑, 라탄 바구니에서 자위기구를 발견했을 때는, 겉으론 모범생인 척하지만 뒤에서 온갖 나쁜 짓을 저지르는 10대 청소년의 방을 뒤지는 기분이 들었다. 매트리스를 들어올려 커버를 벗겨냈다. 아무것도 없었다. 나는 바닥에 주저앉아 내 손길이 스친 뒤 폭격을 맞은 듯 뒤집어진 아빠의 아지트를 망연히 바라보았다. 흐흐흑 갑작스러운 울음이 흘러나왔다. 바닥에 떨어진 폴라로이드 사진들이 보였다. 책들을 뒤졌을 때 책갈피에서 떨어진 것을 못 본 듯했다. 멀리서도 나는 그게 어떤 사진들인지 대충 보였다. 살색으로 뒤덮인 아주 원색적인 사진들은 하나같이 여자의 몸을 찍은 것들이었다.

"진짜 더러워 죽게써어. 진짜 토 나올 거 같아……."

아빠가 죽어서 참 다행이라고, 그 말은 속으로 삼켰다. 나는 사진을 모아 전부 잘게 찢어버렸다. 적나라한 여자의 성기 사진, 선명한 채찍 자국, 울어서 두 눈이 빨간 수성과 함께 웃고 있는 이삐, 두 사람의 나체, 나는 올라오는 구역질을 참으며 내 기억 속에서 영영 아빠를 버리리라 다짐했다. 사진들 사이 맨 뒤에 있던 사진만이 크기가 달랐다. 나는 그 사진을 꺼내 확인했다. 붉은 건물을 배경으로 인자해 보이는 수녀와 어린 소녀가 손을 잡고 웃고 있는 사진이었다. 소녀는 두말할 것 없이 수성이었다. 얇은 눈꺼풀 위로 자리한 큰 눈과 살짝 올라간 입술, 각이 진 턱이 지금과 똑같은 얼굴이었다. 키만 껑충 컸을 뿐, 전체적인 분위기는 하나도 바뀌지 않았다. 사진을 뒤집어보니 뒷면에 아빠가 쓴 정갈한 메모가 보였다.

'내 사랑, 여기는 인덕수녀원이라는 곳이야. 우리 좋은 날 함께 가보자.'

아빠는 이 사진들을 수성에게 전할 생각이었나 보다. 나는 운 좋게 발견한 단서를 가지고, 곧바로 인덕수녀원을 검색했다. 총 두 곳이 같은 이름을 쓰고 있었는데, 화순과 가까운 광주의 수녀원이 정답일 가능성이 컸다. 무슨 이유인지 몰라도 수성은 계속해서 자신의 과거를 찾고 있었고, 아빠는 그녀를 도와주고 싶은 마음에 이 장소를 찾아낸 것 같았다.

무작정 김포공항으로 달려가 가장 빠른 광주행 항공권을 끊었다. 한 시간 정도의 여유 시간이 있었다. 눈앞이 핑핑 돌고 어지러워 근처에 보이는 의자에 앉았다. 생각해보니 지하 주차장에서 수성을 발견하고부터 한 끼도 먹지 않았다. 거의 하루를 꼬박 굶은 셈이었다. 푸드코트에서 김밥과 라면을 시키고 창밖을 바라봤다. 이륙을 기다리는 비행기를 보며 그때까지도 계속 수성을 생각했다. 머릿속에서 지우려고 했지만, 각인이 되어버려 지워지지 않는 난잡한 사진들도 나를 괴롭혔다.

"요즘도 전화가 안 터지는 데가 있나?"

"일본 어디로 갔는데요?"

"거기 있잖아. 돌고래 있는데. 추라우미 수족관."

"오키나와? 좋겠다. 다음에 우리도 거기 가요."

"나는 그 나라, 방사능 있어서 싫어."

등 뒤로 들리는 가까운 테이블에서 두 연인의 대화가 또

렷이 들렸다. 여행을 앞둔 흥분한 사람들의 목소리와 식기가 부딪치는 소음이 가득한 공간에서, 정확히 두 사람의 대화가 들린 건 우연이 아니었다. 내가 아는 목소리였기 때문이다. 어제부터 남편이 내게 언제 전화를 했는지 확인했다. 세 통의 부재중 전화. 오늘 아침에도 전화가 걸려 왔다.

"254번이요! 치즈김밥에 라면 나왔습니다."

영수증 번호를 확인하니 내 것이었다. 하지만 나는 뒤를 돌아 그들을 지나쳐 음식을 받아올 자신이 없었다. 치즈김밥과 라면을 뒤로한 채, 푸드코트 입구를 한참 돌아 나왔다. 콘크리트 울타리 너머로 남편 커플을 찾았다. 화사한 노란 블라우스를 입은 젊은 여자와 마주 앉은 남편은 선글라스를 티셔츠에 꽂고 여자와 비슷한 색감의 티셔츠를 입고 있었다. 잘 어울리는 한 쌍이었다. 내 남편만 아니라면. 여자는 내가 모르는 얼굴이었다. 나는 이미 예감하고 있었던 사실을 눈앞에 마주한 사람처럼 침착했다. 남편에게 메시지를 보냈다.

'미안. 언니랑 섬에 있어서 전화가 잘 안 돼. 밥은 잘 챙겨 먹고 있지? 당신 없으니까 좀 심심하네. 같이 올 걸 그랬다. 병원 안 바쁘면 올래?'

힐끔 고개를 들어 남편을 살폈다. 휴대전화를 확인하고

116

답장을 보내는 듯했다. 그리고 여자가 포크에 찍어 건네는 돈가스를 맛있게 먹었다.

'걱정했네, 전화 안 받아서. 잘 쉬다 와. 사랑해.'

사랑해? 사랑한다고? 딴 여자와 알콩달콩 놀면서. 나는 그들의 불륜 현장을 사진으로 찍었다. 남편이 여자에게 아주 짧고 가볍게 입맞춤 하는 사진까지 찍느라 비행기를 놓칠 뻔했다. 그들이 부랴부랴 일어나 나보다 먼저 제주행 탑승구로 향하는 것을 확인했다. 잠깐 그들을 따라가 내 결혼 생활을 끝내버릴까 갈등했다. 하지만 나는 결국 광주를 택했다. 아빠를 강바닥으로 끌고 간 수성의 미스터리가 더 강력했기 때문이었다.

기내에서 컵라면을 시켜 먹고 승무원이 광주에 도착했다고 흔들어 깨울 때까지 깊게 잠이 들었다. 광주는 옅은 비가 내리고 있었다. 쌀쌀한 봄기운을 느끼며 점퍼를 여몄다. 지금쯤 제주에 도착한 남편과 여자가 어쩌고 있을지 잠깐 궁금했다. 나는 아까 찍은 사진 한 장을 남편에게 전송했다. '내 친구가 당신을 봤다고 사진을 보내왔는데, 당신 아니지?'라는 물음과 함께. 행복한 불륜 여행이 되길 바라는 마음으로 말이다. 남편에게 곧 전화가 왔지만 나는 받지 않았다. 여기는 오키나와고 전화가 잘 터지지 않는 곳이니까.

택시를 타고 인덕수녀원으로 가달라고 했다. 몸이 천근만근으로 무거웠다. 또다시 나도 모르게 잠이 들었나 보았다. 다 왔다는 택시 기사의 목소리가 꿈속처럼 희미하게 들렸다. 겨우 눈을 뜬 나는 창밖으로 우중충한 붉은 벽돌 건물과 굳게 닫힌 육중한 철문을 확인했다.

"무슨 꿈을 그리 꾸세요? 끙끙 앓으시더라고. 다 왔어요."

데자뷔를 겪는 듯 어제와 비슷한 광경이었다. 덩그러니 놓인 어둠에 싸인 건물, 어둠뿐인 사방, 인근에는 구멍가게 하나 없었다. 이런 내 속마음을 읽기라도 한 듯 택시 기사가 명함을 건넸다.

"나올 때 차 없으면 전화 주세요. 빨리 끝날 거 같으면 기다려도 되고요."

그때 나는 유일한 가로등 아래 수성의 노란 스포츠카를 보았다. 그녀가 여기 있었다. 내 뜻대로.

"됐어요. 필요할 때 전화할게요. 수고하세요."

택시가 수녀원 앞을 빠져나갈 때까지 잠자코 기다린 뒤, 나는 수성의 차로 갔다. 빗방울이 떨어진 차창을 옷소매로 닦아 내부를 확인했다. 수성은 없었다. 그렇다면 수녀원으로 들어갔을 것이다. 4층 건물에 불이 켜진 곳은 세 곳뿐이었다. 1층 로비와 2층에 두 곳.

홈페이지에 나온 번호로 수녀원에 전화를 걸었지만 받는 사람이 없었다. 수녀원의 철문은 내 어깨 정도 길이였다. 마음만 먹으면 쉽게 담을 넘을 수 있었다. 철문 사이사이를 감싸고 있는 철근 사이에 발을 끼워 넣었다. 빗물에 신발이 미끄러져 안쪽으로 들어왔을 때 맨바닥에 넘어졌다. 가벼운 찰과상이겠지만 눈물이 핑 돌 정도로 허리께에 싸한 아픔이 느껴졌다. 수녀원에 사는 귀 밝은 누군가가 들었을까 나는 얼른 일어나 어둠 속으로 몸을 숨겼다. 예상대로 수녀원의 정문은 잠겨 있었다. 뒷문도 마찬가지였다. 일일이 1층의 창문들을 손으로 밀어보았다. 순전히 운에 맡길 수밖에 없었다. 그리고 사나운 오늘의 일진을 가엾게 본 성모 마리아의 축복인지 창문 하나가 훤하게 열려 있었다. 냉장고와 정수기가 돌아가는 소리가 들렸고, 싱크대가 보였다. 추측컨대, 탕비실이었다. 나는 다시 가볍게 점프해 창문을 통해 수녀원 안으로 들어갈 수 있었다.

이곳 어딘가에 수성이 있다. 건물은 양쪽 끄트머리에 계단이 있는 구조였다. 탕비실을 나오자, 훤한 로비 입구를 제외하고, 1층은 비상구 표시만이 갈 곳을 알려줬다. 낮은 조도에 의지해, 각 방마다 붙은 팻말을 확인했다. 기도실, 회의실, 팻말이 아예 없는 방이 더 많았다. 인기척은 위쪽에서 들렸다. 나는 오른쪽 계단을 이용해 2층을 향했다. 아까 확인했을 때, 2층에 불이 켜졌던 곳은 두 곳이었다. 단순한 구조 덕에 나는 금방 그곳이 어디인지 쉽게 파악할 수 있었다. 2층은 모두 팻말이 붙어 있었는데, 이사도라, 마리아, 헬레나처럼 성녀들의 이름들이었다. 나는 바닥에 보이는 불빛 쪽으로 걸어갔다. 낡은 마룻바닥에서 내 발소리가 예민하게 들렸다. 방을 지날 때마다 기침 소리라든지, 기도 소리가 들렸다. 이 한밤중에 수성은 여기서 뭘 하려는 걸까. 불이 켜진 방문 앞에 이르러 문고리를 잡았다. 문고리를 돌리려는 순간, 철컥 하고 문이 잠기는 소리가 들렸다. 그러나 내가 잡고 있는 문고리는 아니었다. 그것은 바로 옆방, '헬레나'의 방이었다.

나는 잠시 그대로 서 있었다. 헬레나의 방문 밑으로 희미한 빛이 새어나왔다. 이윽고 목소리들이 들리기 시작했다. 나는 그곳에 수성이 있음을 확신했다. 바짝 귀를 대보았으나 잘 들리지 않았다. 헬레나 방의 왼편은 세탁실이었다. 나는 세탁실로 들어가 소리 나지 않게 창문을 열었다. 이제는 운에 맡길 수밖에 없었다. 창문에 몸을 붙이고 옆방의 인기척에 신경을 곤두세웠다. 늙은 여자의 목소리가 들렸다.

"네가 올 줄 알았다. 보다시피 나는 죽어가고 있단다. 나를 고통 없이 죽여줄 수 있겠니?"

"내가 누구죠?"

수성이 늙은 여자에게 질문했다. 목소리는 낮고 단조로 웠다.

"넌 처음부터 이상했어. 온몸에 붉은빛이 나는 아이였다. 당시에 동료 수녀님들은 네가 병에 걸렸다고 생각했지. 병원에 데려가려고 했어. 겨우 여섯 살이 되었을까, 그런데 네가 말하더구나…… 두 눈으로 정확하게 말이야. 나를 씻기고 나를 돌봐달라고. 그러면 내게 선물을 준다고 했지. 그때 나는 원인 모를 희귀병으로 매일 온몸이 타는 것 같은 고통에 남몰래 죽음을 갈망하고 있었단다. 얘야, 네가 내 하느님이었다. 너를 씻기고, 너를 돌봐주니 이틀 뒤에 내 고통은 씻은 듯 사라졌단다."

"……그런데 왜 나는 아무 기억이 없죠? 붉은빛이라니 그게 말이 돼요?"

"이제 너는 다른 기억을 망각 속에서 가져왔구나. 네 눈이 또다시 내게 말하고 있어. 미안했다. 아가. 우리는 범인凡人이야. 고통이 있으면 울고, 공포를 느끼면 도망치는. 그래, 약속을 저버렸다. 너를 보육원에 버릴 수밖에 없었다."

"그냥 버린 게 아니잖아요."

처음으로 수성의 목소리에 감정이란 게 담겼다. 톤이 높아지고 떨렸다.

"무슨 상관이지…… 어차피 넌…… 사람이 아니잖아."

수녀의 말을 끝으로, 옆방에서 더 이상 말소리는 들리지 않았다. 늙은 수녀가 끄윽, 신트림을 하는 소리가 들렸다. 올라온 위액을 겨우 눌러 담은 듯 크고 역겨운 소리였다. 문이 열렸다. 그리고 수성이 발 빠르게 현장을 빠져나가는 것 같았다. 나는 수성을 놓칠까 봐 조바심을 내며 세탁실을 나왔다. 헬레나의 방문은 활짝 열려 있었다. 그때 고개를 돌리지 않고, 수성을 따라갔어야 했다. 하지만, 나는 호기심을 참지 못하는 아이처럼 고개를 돌려 헬레나의 방에 들어갔다. 머리맡의 수면등이 켜져 있었고, 작은 성모 마리아 상이 창문에서 들어온 세찬 바람에 앞으로 쓰러져 있었다. 침대에는 늙은 수녀 대신 무수한 잿더미를 보았다. 회색 빛깔 잿가루가 열린 창문을 통해 춤추며 온 사방을 날아다녔다. 아직 재로 변하기 직전의 두 다리 형상을 보았다. 검버섯이 가득 핀 앙상한 두 다리는 금방 재로 변했다. 어떻게? 어떻게 그럴 수가 있지. 한 사람이 눈앞에서 그렇게 사라졌다. 순간, 나는 한강 바닥을 잠수사들이 아무리 훑어도 아빠의 시신을 찾을 수 없던 이유를 알게 되었다. 수성은 사람이 아닌, 낯선 존재였다.

비를 맞으며 콜택시에 탔다. 아까 봤던 기사가 춥냐고 물어보며 히터를 틀었다. 나는 떨리는 손으로 남편에게 전화를 걸었다. 전화를 받은 남편이 미안하다고 말했다. 원한다면 이혼을 해주겠다면서. 별안간 울음이 터졌다.

"여보, 나 너무 무서워…… 나 좀 데리러 와줘…… 제발 데리러 와줘."

* * *

수성을 잊었다. 남편은 내가 아빠를 잃은 슬픔으로 헛것을 봤을 거라고 했다. 평소 그의 정신 분석을 그다지 신뢰하지 않는 편이었지만, 이번만은 남편의 의견에 동의했다. 더이상 N빌리지에서 시간을 축내지 않았고, 아빠의 오피스텔은 시세보다 높게 팔았다. 낯선 정부처 사람들이 집을 찾아와 수성에 관해 물어온 일이 있었지만, 나는 한 번도 내가 본것을 입 밖으로 꺼내지 않았다.

겨울이 깊어가고 좋은 일이 생겼다. 마흔다섯에 임신을하게 되었다. 몇 번 험난한 시험관 시술을 했다가 포기하고난 뒤여서 우리는 더없이 행복했다. 늦은 나이의 임신이라서 병원을 잠시 동료 원장에게 맡기고, 배 속에 있는 아기에게 최선을 다하고 있었다.

내가 수성을 다시 본 것은 그즈음이었다. 산부인과가 유명한 대학병원의 구내 식당에서였다. 나는 갈수록 고집이 세져서 가족들이 손을 놓은 엄마와 통화 중이었다. 꿈속에서 물귀신이 된 아빠가 나와서 빨리 꺼내달라고 했다며, 몇 달째 집착을 했다. 나는 퉁퉁 불어 미역이 달라붙은 부패한 아빠의 시신과 잿가루가 되어 이미 사라진 아빠 중에 뭐가 더 나을지 잠시 생각했다. 당연히 후자였다. 질린 한숨을 쉬며 나는 밥을 먹어야 한다고 끊었다. 그사이, 전복죽은 다 식어버렸다. 입덧이 끝나고 모처럼 식욕이 돋았었는데.

건너편에 앉은 간호사 무리들이 보였다. 나는 전복죽을 억지로 입에 넣고 씹었다. 전복이 거의 씹히지 않는 이따위 것을 2만 원이나 받는 구내식당에 화가 났다. 건너편에 앉은 간호사들은 급하게 밥을 먹고 있었다. 세 명이 우르르 일어나고, 남은 한 명이 눈에 띄었다. 질끈 묶은 포니테일 스타일 때문인지 자꾸 시선이 갔다. 매우 창백한 안색에 낯이 익은 여자였다. 입안 가득 오물거리던 것을 여자는 간호사 셋이 떠나자, 손바닥에 얼른 뱉었다. 그 행동이 아주 이상했다. 여자는 고작 김밥 한 줄을 시켜 반 이상을 먹지 않았다.

그것마저 손바닥 위에 뱉은 것 같았다. 가져온 텀블러에 있는 음료수를 마시고 자리를 떴다.

나는 벌떡 일어나 여자의 뒤를 쫓기 시작했다. 고작 7개월 사이에 수성은 대학병원 간호사로 변신해 있었다. 탱탱했던 눈가는 처져 있었고, 기미가 눈에 띄게 늘어났으며, 생활의 활력을 잃은 모습이었다. 스물한 살이 아니라, 30대 중반처럼 보였다.

사람이 이렇게 갑자기 늙을 수는 없다. 죽은 헬레나 수녀의 말이 떠올랐다.

'넌 사람이 아니잖아.'

엘리베이터를 타는 수성을 따라 탔다. 12층. 부인과다. 역시 수성은 나를 알아보지 못했다. 무심한 얼굴로 12층에서 내렸다. 수성은 익숙하게 간호 스테이션으로 들어가 모습을 감추었다. 나는 데스크에 있던 간호사에게 방금 지나간 간호사의 이름을 물었다.

"왜요?" 퉁명스러운 질문이 돌아왔다.

"제가 아는 분과 닮아서요. 아, 아니다. 잘못 본 것 같네."

인맥을 통해 알아보는 게 더 빠르다. 만약, 그 여자가 이수성이 맞다면, 뒷조사를 하기에도 그게 훨씬 안전했다. 그다지 친하지 않은 담당 교수에게 직접 알아봐달라고 하기가 껄끄러워 타 과에 가서 동문 후배에게 수성의 사진을 보여 줬다. 보물섬에 있을 때 찍은 사진으로, 수성은 빨간 립스틱을 바르고 가슴골이 훤히 보이는 원피스를 입은 채 웃고 있었다.

"여기 간호사라고요? 산부인과? 보러 가야지."

교수란 놈이 침을 흘리며 당장 엉덩이를 들썩거렸다.

"너 그러다 크게 다친다. 조용히 알아봐달라고. 뭐하는 애인지."

"이런 미인이 내 눈에 안 띄었을 리 없는데……."

"지금은 미인 아냐. 평범해졌어. 이름은 이수성. 다른 이름을 썼을 수도 있어. 명란, 뭐 그런 이름으로."

"선배, 〈화차〉 찍어요? 뭔데? 나도 알려줘요."

나는 후배에게 대충 수성에 대해 설명했다. 내 아버지와 함께 동반 자살을 시도했던 여자라고 하자, 후배는 더 묻지 못하고 고개를 끄덕였다. 특유의 건들거리던 장난기가 사라지고 진지한 얼굴로 밑바닥까지 알아보겠다고 했다.

"강병선 박사님은 노벨상을 받고도 남으실 분이었어요. 정부 기밀 프로젝트였다면서요. 박사님이 돌아가시면서 재생세포학에서 아주 중요한 정보가 하나 빠졌다고 하더라고요. 그래서 그 여자 간첩이냐고 말 많았죠. 그런데 진짜 그런 거예요?"

후배의 질문에 내가 제대로 해줄 수 있는 대답은 간첩은 아니다, 라는 게 전부였다. 간첩이라면 수시로 집에 왔던 정부처 사람들이 이미 그녀를 잡아냈을 것이다.

집에 도착해 겁이 나서 제대로 확인하지 못했던 일을 해치우기로 했다. 그 당시 인덕수녀원 홈페이지에서 확인했을 땐 헬레나 수녀의 선종 사실만 나와 있을 뿐이었다. 나는 인덕수녀원에 전화해 헬레나 수녀의 선종을 몰랐던 척 가까운 친척이라 둘러대고, 잘 계시냐고 물었다. 전화를 받은 수녀는 헬레나 수녀는 승천했다고 말했다. 그게 무슨 뜻이냐고 되묻자, 저쪽에서 다시 설명했다.

"헬레나 수녀님은 말기암 환자였습니다. 그런데 갑자기 흔적도 없이 사라지셨어요. 하느님이 보여주신 기적이 아닐까 싶습니다. 하느님은 항상 죽음을 기다리던 헬레나 수녀님을 조용히 데려가셨어요."

수녀는 아무것도 몰랐다. 하느님이 데려간 게 아니라, 수성이 데려간 것이다. 수성은 걸리적거리는 것은 일말의 죄책감도 없이 죽였으니까.

늦은 밤 거실에 나와 영화 〈화차〉를 보고 있자, 잠에서 깬 남편이 옆에 앉았다. 단아한 시골 처녀 같은 주인공이 깡패

들에 둘러싸여 끌려가더니 다음 컷에서 파마를 하고 진한 화장을 한 채 변신해 있었다. 진한 화장을 해도 주인공의 맑은 눈빛은 변함이 없었다. 저 여자 수성이 닮지 않았어? 내 중얼거림에 남편이 고개를 갸웃거렸다. 수성이 누구야? 나는 남편의 질문에 그가 정말 모르는 척하는 것인지, 잊어버린 것인지 확인하려고 쳐다봤다.

"있잖아. 우리 아빠랑 같이 한강에 빠진 애."

"나는 당신이 말한 그 여자 한 번도 제대로 본 적이 없어."

남편과 나 사이에 긴 침묵이 흘렀다. 검은 옷을 입고 웅크린 채 앉은 주인공의 클로즈업을 보다가 남편이 일어섰다.

"당신 치료받아라." 남편이 안타까운 눈빛으로 말했다.

헛웃음이 나왔다. 아무것도 모르면서.

"신생아실 간호사더라고요. 이름은 이수정. 그러니까 내가 몰랐지. 신생아실 간호사들은 좀체 돌아다니질 않으니까요. 싹싹하고 일 잘하고 별것 없던데요? 아. 전공의 중에 집안도 좋고, 잘생겨서 간호사들 사이에서 인기 많은 놈이 하나 있어요. 박진우라고. 다들 쉬쉬하는데 둘이 사귀고 있나 보더라고. 별로 친하진 않은데 선배가 원하면 만남을 주선해볼게요."

후배가 사진 한 장과 함께 메시지를 보내왔다. 아기를 안고 있는 수성을 멀리서 찍은 사진이었다. 사진을 확대해보자 이미지가 깨졌지만 그녀가 맞았다. 7개월이 7년 같았는지 꽉 상하고 찌들었지만 수성이었다. 나는 후배가 말한 전공의를 홈페이지에서 찾아보았다. 호전적인 인상을 가진 젊은 남자였다. 머지않아 수성의 세 번째 희생자가 될 가망성이 컸다.

나는 박진우를 만나보기로 했다. 후배를 통해 미리 약속을 잡았다. 산부인과 정기 검진 때 남편을 먼저 보내고 로비에 있는 카페에서 박진우를 만났다. 박진우는 카페에 먼저 도착해 있었다. 맞은편에 꽃무늬 원피스를 입은 수성과 이야기 중이었다. 수성의 등장을 전혀 예상하지 못해서 당황했던 것과 달리 수성은 나를 알아보지 못했다. 박진우는 수성을 약혼자라고 소개했다. 나도 모르게 범인을 감시하는 교도관처럼 수성을 샅샅이 살피고 있었나 보다. 박진우가 당황해하며 얼른 수성을 보냈다. 자꾸 뒤를 돌아보며 박진우에게 손을 흔드는 수성은 다정다감한 성격을 가진 여자처럼 보였다. 못 본 사이 나이만 먹은 줄 알았는데 연기력도 늘었다.

박진우는 커피를 홀짝이며 내 눈치를 보았다. 갑자기 일

면식도 없는 의사가 보자고 했으니 긴장이 되는가 보았다.

나는 단도직입적으로 질문을 했다. "저 여자는 집안이 좋나요?"

박진우는 황당한 표정으로 아니라고 대답했다.

"이수성 씨를 사랑해요?"

이번에 박진우는 불쾌감을 숨기지 않고 되물었다. "왜 그러시죠? 그리고 수성이가 아니고 수정입니다. 수정이를 아는 분이세요?"

"시간 없는 전공의니까 본론만 빨리 말할게요. 이수정은 사실 이수정이 아니라, 이수성이에요. 우리 아버지 강병선 박사님 아시죠? 어떻게 돌아가셨는지도 알 테고…… 그때 함께 자살 시도를 했던 여자가 바로 저 여자예요."

박진우는 〈화차〉에서 여자 주인공의 정체를 알게 된 남자 주인공의 표정을 했다. 배우가 연기를 꽤 잘한 모양이다. 눈앞의 박진우는 며칠 전 봤던 그 배우의 넋이 나간 눈동자와 딱 벌어진 입술, 허탈감과 분노로 떨리는 어깨선까지 비슷한 모양새였다.

"나는 이수성한테 아버지의 복수를 한다거나 악한 감정이 남아 있어서 진우 씨를 찾아온 게 아니에요. 나는 진우 씨를 구하고 싶어서 온 거예요. 진우 씨도 곧 어떤 방식으로든 사라질 거예요."

"무슨 소리 하시는 건지 이해가 안 됩니다."

"이수성이 당신을 죽일 거라고요. 우리 아빠처럼요."

"참나…… 선생님, 대뜸 찾아와 무슨 말씀 하시는 건지 모르겠습니다. 수정이가 수성이라는 것부터 이해가 안 되는데…… 절 죽일 거라고요? 쟤가요?"

"증거 있어요."

나는 태블릿PC를 꺼내 '이수성'이라고 따로 만든 폴더를 그에게 보여주었다. 그 파일 안에는 아버지와 찍은 적나라한 폴라로이드 사진(갈가리 찢은 것을 다시 이어 붙였다)과 보물섬 시절의 사진, 함께 한남대교 위를 뛰어내리던 CCTV 영상까지 보관하고 있었다. 구내방송으로 코드 블루가 떴다. 박진우는 방송을 듣고 고개를 번뜩 들었다. 기분 나쁜 가위눌림에서 겨우 풀려난 사람처럼 안도하는 한숨을 내쉬었다.

"죄송합니다만, 동일 인물이 아닙니다."

박진우는 그 말을 남기고 뛰어갔다.

젠장! 내 말을 믿어주는 사람이 없었다. 나는 신경질적으로 차에 올라타 핸들을 부술 듯 쾅쾅 내리쳤다. 빵빵. 경적 소리가 지하 주차장에 연달아 울렸지만 신경 쓰지 않았다.

"그러다 아기가 놀라겠어요."

불쑥 들리는 목소리에 뒤를 돌아봤다. 어떻게 차문을 열고 탄 건지 수성이 뒷좌석에 앉아 있었다. 미미한 미소를 지으며 다소곳이 두 손을 무릎 위에 올려둔 채 나를 바라보았다. 나도 모르게 두 팔로 배 위를 감싸며 이게 무슨 짓이냐고 소리쳤다.

"낯이 익다 느꼈어요. 그래서 진우에게 손을 흔들며 뒤를 돌아봤죠. 택시를 타고 집으로 가는데도 전혀 생각이 안 나는 거예요. 어떻게 떠올렸는 줄 아세요? 한남대교, 택시가 한남대교를 지나고 있었거든요. 아, 연주…… 미안해요. 아저씨 이름은 너무 어려워서 자꾸 까먹네요."

"강병선이야. 적어도 죽인 사람 이름 정도는 기억해야지."

"날 어떻게 찾았는지 신기해요. 이렇게 길게 내 뒤를 쫓은 사람은 없었어요."

"이번에는 젊은 남자를 구했더라. 도대체 네 목적이 뭐야? 적당한 남자 물색해서 간이라도 빼먹어야 사람 되는 구미호야? N빌리지는 팔았던데, 지금은 어디 살지?"

"지금은 진우 집에서 살아요."

"헬레나 수녀의 마지막을 봤어. 하나만 묻자. 우리 아빠도 그렇게 갔니?"

수성은 잠시 생각하다 고개를 끄덕였다. 나는 이상하게

안도했다. 아빠가 한강 바닥을 유영하지 않고 고통 없이 떠났다는 게 다행스러웠다.

"연주 씨, 제가 이상한 이야기 하나 할게요. 믿기 힘들지도 몰라요."

"들어보고 판단하지."

"아저씨는 중앙 상석에 앉아 있었어요. 문을 열고 들어간 순간, 저는 아저씨를 한눈에 알아보았어요. 저는 사랑 같은 게 뭔지도 몰랐고, 그런 감정이 없는 사람이라 생각했어요. 인간을 인간답다고 부를 수 있는 조건들. 예컨대 사랑, 우정, 질투, 미움, 혹은 분노 같은 것들이요. 그런 다채로운 감정이 없는 사람이었어요. 그런데 내 앞에 아저씨가 나타난 순간 아저씨밖에 눈에 들어오지 않았어요. 아저씨도 마찬가지였던 것 같아요. 만난 지 사흘 만에 아저씨는 내 집으로 들어왔어요."

그날을 생생히 기억한다. 엄마가 전화를 걸어와 아빠가 사랑에 빠졌다고 이혼을 하자고 했다고 말했다. 자식들은 모두 엄마가 심한 장난을 친다고 생각했다. 아빠는 결코 그럴 사람이 아니었다. 집으로 갔을 때 엄마는 식칼을 들고 집을 나가면 죽겠다고 했다. 다른 년한테 가는 꼴은 두 눈 뜨고 볼 수 없다고. 아빠는 눈물을 흘리며 무릎을 꿇었다. 마지막 사랑이니 당신이 봐줘, 라면서.

 "불같은 사랑이었어요. 나는 아저씨가 해달라는 것은 다 해주었어요. 그게 행복했어요. 하지만 함께한 지 한 달이 지나자, 내 감정은 다시 원점으로 돌아왔어요. 아저씨가 무슨 말을 하든 웃지도 울지도 기쁘지도 않았어요. 갑자기 달라진 내 반응에 아저씨는 당황하며 다른 남자가 생긴 거냐고 물었어요. 나를 24시간 감시하고 내 휴대전화를 뒤졌지만, 나오는 게 없었죠. 당연하죠. 나는 그냥 원래의 나로 돌아온 것뿐이니까요. 그때, 아저씨가 내 사랑이 식었다면 함께 죽자고 했어요. 남은 삶을 나로 인해 애태우고 견디는 게 힘들다고요. 참, 이상한 일이었어요. 그 말을 듣자 나는 다시 아저씨를 사랑하게 되었으니까요. 동반 자살 계획을 세우며 우리는 다시 열정적인 사랑을 나눴어요. 그리고 당신이 봤던 CCTV 영상처럼 우리는 한남대교에서 뛰어내렸어요. 가슴을 때리는 바윗덩이 같은 마찰에도 나는 아저씨의 손을 놓지 않았던 것으로 기억해요.

 우리는 거센 물살 속에서 정처 없이 떠다녔고, 아저씨는 죽어가기 시작했어요. 입에서 피가 터져 나왔고, 아저씨의 눈동자를 더 이상 볼 수 없었어요. 아저씨는 내 눈앞에서 하얀 재로 변했어요. 처음부터 사람이 아니었던 것처럼 잡으

러야 잡을 수 없는 성질로 바뀌었어요. 나는 그때, 내가 누군지 어렴풋이 깨달았어요. 내가 아저씨를 그렇게 몰아붙인 건 나의 자유의지가 아니었어요. 나는 명령을 받았어요. 아저씨를 없애라는 명령이요. 그게 내 본능처럼 나를 지배한 것이었어요. 그 짧은 찰나의 시간 동안 아저씨가 가여웠고, 내가 가여웠어요. 매일 밤 꿈속에서 나를 둘러싸고 알지 못하는 단어를 남발하던 불쾌한 꿈의 정체를 알게 됐어요. 그건 꿈이 아니라, 접선이었고 나는 외계에서 왔다는 것을요."

푸핫. 하하하하.

나는 수성의 말에 병적으로 웃음을 터뜨렸다. 눈물을 찔끔 매달고, 고개를 돌려 수성을 보았다. 수성도 자신의 농담이 만족스러운 듯 씩 미소 지었다. 처음 보는 수성의 드라마틱한 표정 변화였다. 수성이 미친 건지 내가 미친 건지 알수가 없었다.

"내려. 개소리 지껄이지 말고."

"연주 씨는 나를 막을 수 없을 거예요."

수성은 그 말을 하고 차에서 내렸다. 사이드미러에 손을 흔드는 수성의 모습이 보였다. 두 다리는 단단히 시멘트 바닥 위에 붙어 있었고, 어디로 보나 사람으로 둔갑한 외계인은 아니었다. 그래, 차라리 남자를 홀리는 백년 묵은 구미호

라면 모를까. 그게 덜 이상한 이야기 아닐까.

　남편에게 물었다. 환자 중에 자기가 외계인이라고 하는
사람 있어? 있었지, 그런 주장하는 인간들 많아. 그런 사람
들은 왜 그러는 거야? 내 물음에 남편은 모처럼 신이 난 아
이처럼 자세를 고쳐 잡고 설명했다. 어렸을 때 크게 학대를
당했다거나, 혹은 큰 사건으로 인한 트라우마로 그럴 가망
성이 커. 자기가 자기를 똑바로 바라볼 수가 없는 거야. 그
래서 내가 아닌, 다른 것으로 변했다고 주장해. 남편의 말을
자르며 다시 물었다. 그래서 정말 외계인을 본 적이 있어?
내 말은, 환자 본인의 주장에 따라 진짜 외계인처럼 행동했
던 환자가 있었느냐고.
　"왜? 당신 병원에 그런 환자 있어? 우리 병원으로 보내."
　"그건 안 돼."
　"왜?"
　나는 수성의 타깃이 박진우에서 남편으로 넘어갈 수 있는
위험성에 대해 말을 할 수 없었다. 그 존재 모를 것의 진짜
목적을 모르니 일단 조심해야 했다.
　"예쁜가 봐?"
　"응. 너는 예쁜 여자면 사족을 못 쓰잖아."

136

어영부영 넘어갔던 그의 치부를 건드리자, 남편이 모욕을 받은 얼굴로 쳐다봤다. 그때 우리 부부는 싸우는 대신, 서로 회피하고 넘어갔다. 그의 "정리됐어"라는 이 한마디로 정리가 됐다. 하지만 내 쪽에서 정리가 되지 않아 남편이 시종 거슬렀다. 남편은 병원에 할 일이 생겼다고 집을 나갔다. 나는 화를 참느라 목덜미가 울긋불긋해진 남편의 뒷모습을 보며 중얼거렸다. 그래, 눈앞에서 꺼져. 그렇지만, 집에 혼자 남은 저녁은 쉽게 흘러가지 않았다. 아랫배가 끊어질 듯한 고통으로 기다시피 어디다 뒀는지 잊어버린 휴대전화를 찾았다. 남편 대신 119를 불러 응급실을 갔다. 하혈 때문에 긴급하게 수혈을 받고 검사에 들어갔다. 병원의 익숙한 풍경을 보고 눈을 감았다가 그대로 정신을 잃었다.

'이건 경고예요.'

꿈결에 수성의 목소리를 들었다. 정신을 다시 차렸을 때, 박진우가 나를 내려다보고 있었다. 아이는 무사하다고 했다. 자궁내막 용종으로 인해 출혈이 생겨 그랬다고, 아마 스트레스가 원인 같으니 푹 쉬어야 한다고 덧붙이면서. 스트레스란 말에 힘없이 웃는 나를 박진우는 생각에 잠겨 내려다보며 말했다.

"선생님의 이야기를 무시하지 않았어요. 수정이가 퇴근 후

에 뭘 하는지 집에다 카메라를 설치했고요. 신생아실 CCTV
도 틈틈이 확인했지만, 유능하고 착한 여자였습니다. 그런
데…… 새로운 사실을 알아냈습니다. 선생님이 하루도 빠짐
없이 신생아실을 들르셨더군요. 보호자 면회 시간에 맞춰서
보호자인 척 수정이를 확인하고 가셨던데요. 솔직히 놀랐습
니다. 선생님의 집요한 집착에요. 수정이가 걱정되기 시작
했어요. 환자분 건강도 염려되고요. 해당 사실은 보호자분
께 전달했습니다."

"뭐요?!"

박진우에게 세게 한 방 먹었다. 3박 4일을 입원해 있다가
남편은 다른 대학병원으로 옮기기로 했다고 내 허락도 받지
않고 통보했다. 집에서 더 가까운 곳이었지만, 남편의 일방
적 결정에 싫다고 말했다. 남편의 태도는 딱딱했다.

"당신은 몸만 아픈 게 아니야. 정신도 아파. 당신 때문에
걱정돼서 살 수가 없어. 영경이한테 부탁했어. 당분간 당신
이 어딜 가든 영경이가 따라갈 거야."

영경이는 남편의 여동생이었다. 집안의 돈을 축내며, 한
번도 직업을 가져본 적이 없는 팔자 좋은 백수. 이건 학생들
에게나 내리는 외출 금지령이나 다름없었다. 내가 화를 내
며 성질을 있는 대로 부렸지만, 남편을 이기지 못했다. 박진

우가 보낸 캡처 사진 속에서 나는 내가 봐도 미친 사람처럼 보였다. 신생아실을 서성거리고, 수성을 쫓고, 어떤 날은 내 정체를 숨긴답시고 더 눈에 튀는 선글라스를 썼다. 은밀하게 조사했어야 했는데 박진우를 얕본 게 실수였다.

박진우는 죽으라지, 죽는 순간 내 경고를 떠올리며 후회하라지.

배 속의 태아는 무럭무럭 자라지 않았다. 배가 무겁고 딱딱한 기분이 들어 병원을 자주 들렀다. 그래서 남편이 내 의사를 무시하고 병원을 옮긴 것에 대해 계속해서 화를 낼 수 없었다. 태아는 주수보다 많이 작았다. 새로운 담당의는 조산기가 심하니 조심하라고 했다. 내가 H대 병원을 다니다 옮겼다고 하니 그럴 줄 알았다는 듯 고개를 끄덕였다.

"요즘에 여기로 많이 옮겨요. 다들 쉬쉬해도 소문은 퍼져 나가니까요. 소송도 질질 끄는 거 보면 질 것 같던데요. 쯧쯧. 내부 사정을 누가 알겠어요." 의사가 크리넥스 티슈를 건네며 말했다.

나는 배 위에 들러붙은 끈적끈적한 초음파 크림을 닦으며 아무렇지 않은 척 말했다. "소송이 걸린 건 몰랐어요."

"아…… 그것 때문에 옮기신 줄 알았어요. 3년 전에 신생아들 다섯이 세균성 감염으로 죽었어요."

"무슨 감염이요?"

"그것까지는 모르겠어요. 그게 좀 애매한가 봐요. 여태까지 없었던 희귀 곰팡이라서 법적인 해석이 다른가 보더라고요. H대 쪽에서 억울한 구석이 있긴 하죠. 지금은 그렇게까지 안 하는 것 같던데, 보호자 면회도 일주일에 한 번으로 제한했었대요. 내 아이 맡기기에는 찜찜해요. 아무리 H대라도요."

"그랬군요."

어태껏 없었던 희귀 곰팡이, 나는 잊으려고 노력했던 수성을 떠올렸다.

아무리 기사를 훑어봐도 H대 병원 신생아 관련 이슈가 없었다. 결국 후배에게 연락해 사실 확인을 했다. 후배는 소송 중이라 관련 이슈는 조심해야 한다며 말을 아꼈다. 그 일이 터진 건 7월이었다. 30분 만에 신생아들이 연달아 다섯이 사망했고, 국립과학수사연구원에서 대대적인 조사를 벌였으나 원내 감염이라는 당연한 결과를 받았을 뿐이었다. 어렵게 확인한 수성의 H대 입사일은 올해 4월이었다. 3월에 아빠를 한강에 집어넣고, 잠적을 감춘 수성은 한 달 만에 대학병원 간호사로 취업을 한 셈이다. 개연성이 엉망인 영화를 보는 것처럼 앞뒤가 맞지 않았다. 수성이 취업 사기를 벌였다는 게 맞을까, 아니면 그녀의 말대로 외계인이라서 새로운 임무를 받은 게 맞을까.

보통 사람이라면 전자 쪽에 무게를 둘 것이다. 하지만, 답은 후자였다.

나는 헬레나 수녀의 죽음을 목격했다. 사람의 다리가 불에 타지 않고 고운 알갱이로 변하는 광경을.

뒤늦게 감을 잡았다, 박진우는 페이크였다! 그동안 아빠와 공통점을 가진 남성, 전문직이라는 테두리에서 수성의 타깃이 박진우라고 생각했다. 하지만, 내 차에서 조우했을 때 수성의 말을 믿는다면, 타깃은 얼마든지 바뀔 수 있었다. 그녀는 꽃뱀이 아니라 외계인이니까.

나는 또다시 박진우를 설득할 자신이 없었다. 믿어줄 사람은 아무도 없었다. 나조차도 내 생각에 대한 확신이 없었다. 내가 미친 게 아닐까. 별로 나오지 않은 아랫배를 만졌다. 워낙 노산이라 유산을 각오하고 있었다. 그래서 나는 다른 임산부들처럼 태아에게 말을 걸지 않았다. 정이 들고 난 뒤, 아이를 잃게 될까 봐 무서웠다.

아가야, 엄마가 미친 게 아니라고 말해줄 수 있어? 나 혼자 진실에 다가서고 있다고 말이야. 너도 내 배 속에서 혼자

잖아, 엄마도 지금 혼자야.

작은 태아는 말이 없었다. 대신에 쿵쿵 태동이 느껴졌다. 쿵쿵. 믿는다고. 나아가라고. 쿵쿵.

먼저 거머리부터 떼어내야 했다. 진료를 마치고 옆좌석에 앉자, 시누이는 휴대전화에서 시선을 잠시 뗐다가 다시 게임을 했다. 카페나 농장 키우기 같은 모바일 게임을 돌려가며 하면서 시간을 때웠다.

"이거 막판이에요. 언니 점심 뭐 먹으러 갈래요? 오늘 샤부샤부 먹고 싶지 않아요?"

시누이는 꼭 말끝에 자기가 먹고 싶은 걸 덧붙였다.

"나 오늘 갈 데가 있어요."

"어디요?"

"용돈 주면 오빠한테 말 안 해줄 수 있어요?"

"언니가 안 걸릴 자신 있으면요."

애초에 새언니를 감시하는 일 따위에는 관심 없었다는 듯 시누이는 협조적으로 굴었다. 시누이의 이번 달 카드 값을 대신 내주는 대가로 나는 남편의 감시망에서 벗어날 수 있었다. 카드 값이 우리 집 한 달 생활비를 상회해서 놀라긴 했지만.

백화점 앞에서 시누이를 내려주고, 나는 곧장 H대 병원으로 향했다. 후배는 바쁜 듯 내 전화를 받지 않았다. 아니, 피하는 게 분명했다. 그냥 그런 느낌이 들었다. 이번에는 N빌리지 지하 주차장에서 수성이 나오길 기다렸던 것처럼 기다릴 수 없었다. 신생아들의 목숨이 달려 있다. 산부인과에 가서 원래 나를 담당했던 교수를 만나 경고를 해주려고 했다. 교수는 오늘 비번이었다. 대신 복도에서 박진우를 만났다. 박진우가 먼저 나를 발견했고, 맞은편을 향해 재빠르게 눈짓을 했다. 고개를 돌리니 박진우가 눈짓을 보낸 이는 수성이었다. 좌우에서 한 패가 나를 노리는 꼴이었다.

나는 박진우를 택했다. 겨울 나뭇가지처럼 얇은 박진우의 손목을 낚아채 비상구로 향했다. 박진우가 거세게 저항했지만, "나 임산부예요"라는 이 한마디에 얌전해졌다. 예상대로 수성은 우리를 쫓아오지 않았다. 수성은 그녀의 습성대로 또다시 나를 잊어버렸을 수도 있다. 어쨌거나.

"수성이 노리는 게 뭔지 알았어요. 일단 당신은 아니에요. 그러니 당신은 수성이 수상하다고 느끼지 못했을 거예요."

"수정이 그만 괴롭혀요, 제발!"

누가 누굴 괴롭히는 건지 아직도 감을 못 잡은 인간, 사랑에 눈먼 어리석은 이여. 곧 회진 돌 시간이라며 할 말 있으면 빨리 말하라고 했다. 하지만, 귓등으로 흘릴 게 뻔했다.

나는 수성이 외계인이라 할 수 없었다. 차마 그 말은…… 내가 듣고도 입 밖으로 말할 수가 없었다. 단어 자체가 주는 어감이 가벼워 현실감이 없어서였다.

"제가 잘못 알았어요. 이수성이 노린 건 당신이 아니라, 신생아들이에요. 신생아들이 사망한 날 근무표 확인해보세요. 분명히 허점이 있을 거예요. 조심해요. 이수성은 살인마예요."

그래, 이게 내가 말할 수 있는 최대치의 진실이었다. 수성은 내게 고마워해야 마땅하다. 박진우는 한숨을 푹 내쉬고 수성이 곧 다른 병원으로 옮긴다는 사실을 알려줬다. 그러니 더 이상 찾아오지 말라고. 언제 옮기냐고 물었지만, 박진우가 가르쳐줄 리 없었다.

집으로 돌아가 남편과 크게 싸웠다. 그가 불륜을 저지른 이후로 처음이었다. 남편의 명령을 받고 온 시누이는 두 눈이 퉁퉁 부어 있었다. 열한 살 터울인 남편에게 호되게 혼난 모양이었다. 남편은 박진우보다 더 내 말을 듣지 않았다. H대병원 신생아들이 걱정돼서 갔다 왔다는 말에 남편은 자기 머리를 쥐어뜯으며 미쳐버리겠다고, 내가 누군지 점점 모르겠다고 했다. 임신해서 그래, 임신해서. 시누이가 내 편도 아닌 이상한 말로 우리 사이를 중재하려 애썼다.

"두고 봐, 내 말이 맞아. 며칠 뒤에 뉴스에 나올걸? H대 신생아들이 죽었다고. 그때는 이미 늦은 거야. 그 여자가 일을 치기 직전이라고!"

"영경이 너 이번에도 새언니 놓치면 아주 끝이야."

시누이가 겁을 집어먹은 얼굴로 고개를 끄덕였다. 남편이 코트를 입고, 캐리어에 짐을 꾸렸다.

"또 바람피우러 가니?"

"부모님 집에 있을 거야. 의심되면, 당신도 같이 가."

나는 안방 문을 쾅 닫았다. 남편이 나가자, 시누이가 문밖에서 하소연을 시작했다. 왜 들켜요, 바보같이. 언니 진짜 미쳤어요? 나까지 철창신세잖아요. 아아악, 나 내일 친구들이랑 파티 가기로 했는데 진짜 짜증 나.

* * *

"저는 믿지 않아요, 선생님이 하신 말들 전부요. 선생님이 잘못했다고 생각해요. 그렇지만, 단 1퍼센트라도 그럴 가능성이 있다면 제가 나서야겠다고 생각했어요. 아이들이니까요. 오늘 나이트 타임 신생아실 간호사들이 모두 입원했어요, 수정이만 빼고요. 전날에 함께 회를 먹었나 봐요.

수정이는 회를 못 먹거든요…… 전혀 이상할 게 없는 일인데…… 그럴 수 있는데…… 선생님 말씀이 자꾸 마음에 걸려서요."

"신생아실에 아기들이 몇 명 있어요?"

"24명이요. 수정이가 다 할 수는 없어서 연락을 돌리고 있는데, 수간호사님마저 휴가 간 상태라서…… 크리스마스잖아요."

나는 박진우의 말을 자르고 단언했다.

"오늘이에요! 지금 어디예요? 내가 갈게요."

박진우는 병원이라고 했다. 시간은 밤 10시를 넘기고 있었다.

나는 서둘러 전화를 끊고 패딩 점퍼를 걸쳐 입었다. 일주일 넘게 함께 감금 생활을 하던 시누이가 현관을 막고 서 있었다. 통화 내용을 엿들은 게 틀림없다. 휴대전화를 치켜들며 문을 나가는 순간 남편에게 전화를 하겠다고 으름장을 놓았다. 정 내 말을 못 믿겠으면 같이 가자고 했다. 운전을 시누이에게 시키면 되니까 나로서는 그것도 괜찮은 방법이었다.

시계를 보며 시누이가 말했다. "언니, 오늘 오빠가 깜짝 이벤트 해준다고 11시에 오기로 했어요. 그런데 언니도 저

146

도 없어봐요. 나 죽어요, 진짜."

"임신한 아내 두고, 일주일이 넘게 본가에서 호의호식하는 인간한테 깜짝 이벤트 받고 내가 행복할 거 같아요? 나 이혼할 거예요. 나와. 임산부라고 무시하지 마요. 아가씨한테 후추 스프레이를 뿌리고 싶지 않으니까요."

사두고 쓸 일이 없었던 후추 스프레이를 꺼냈다. 시누이는 완강하게 잠금 장치를 잡고 문 앞에서 비켜주지 않았다. 그럼 미안해요, 나는 경고했다. 말이 끝남과 동시에 나는 버튼을 눌러 후추 스프레이를 시누이에게 뿌렸다. 시누이가 "언니!" 소리를 지르며 몸을 말고 데굴데굴 굴렀다. 엄살도 그런 엄살이 없었다. 꼬락서니 참 좋다. 시누이를 발로 대충 치우고 문을 열고 나섰다.

현기증 나게 차가운 바람이 내 안으로 들어왔다. 나는 태아에게 말을 걸었다.

아가야, 언니 오빠들을 구하러 갈게. 괜찮아. 겁낼 거 없어. 엄마만 믿어.

슈퍼우먼이 된 기분으로 차를 몰았다. 집에서 H대 병원까지는 차로 20분이었다. 크리스마스 연휴가 끼면서 서울 시내 도로는 차들로 북적였다. 곳곳에 'Happy New Year'나 'Merry Christmas' 문구가 쓰인 건물과 알록달록한 전구

장식에 들뜬 사람들로 인해 거리는 몸살을 앓고 있었다. 남편에게 연달아 전화가 와서 아예 차단했다. 그는 나를 두 번 배신했다. 불륜, 믿음.

신생아실은 관계자가 아니면 출입할 수 없게 엄격하게 관리된다. 나는 신생아실 입구에서 박진우가 오길 기다렸다. 불투명한 유리문 위로 까치발을 들고 수성을 찾았지만 보이지 않았다. 박진우에게 계속해서 전화를 걸었다. 긴 신호음만 갔다. 그때 엘리베이터 문이 열리며 경비원 세 명이 내렸다. 그들의 고압적인 눈빛을 확인하고, 본능적으로 비상구로 뛰었다. 하지만 나는 느렸고, 그들은 젊고 빨랐다. 그들은 두세 계단을 뛰다시피 달려와 나를 둘러쌌다.

"누가 신고했어요? 박진우?"

"보호자 면회 시간이 아닙니다. 어머니 돌아가세요."

젊은 여자가 내 팔을 잡았다. 나는 매몰차게 그 손을 뿌리쳤다. 아랫배를 움켜쥐고 죽는시늉을 했다. 금방 식은땀이 났다.

"아기가 잘못된 거 같아요."

"임산부예요?"

나는 고개를 끄덕였다. 그들은 서로의 얼굴을 보며 어떻게 나를 처리해야 할지 당황스러워했다.

"응급실로 모셔다드릴게요."

다시 팔을 잡고 부축을 하길래 두 팔로 확 떠다밀었다. 온 힘을 다해 힘껏 밀긴 했지만, 여자는 꺅, 비명을 지르고 계단 아래로 굴렀다. 헉. 그들도 놀라고 나도 놀랐다. 그들이 우왕좌왕하는 틈을 타 도망쳤다. 언뜻 고개를 돌려 내려다보니 여자는 반쯤 몸을 일으켜 부축을 받고 있었다. 그들 중 한 명이 무전을 쳤다. 곧 경찰이 들이닥칠 것이다.

비상구 문을 열자, 박진우가 서 있었다.

"무슨 일입니까?"

"얼른 문 열어요." 나는 숨을 가쁘게 쉬며 말했다.

박진우가 여전히 고민하는 얼굴로 아랫입술을 깨물었다.

"간호조무사님도 계시고, 수정이는 혼자가 아니에요."

"얼른 문 열라고요!"

내가 소리쳤다. 비상구 밖으로 그들의 발소리가 가까워졌다.

"하······."

박진우가 아이디 카드를 대고 신생아실의 문을 열었다. 뛰어오는 그들과 눈이 마주치자 나는 승리의 미소를 보냈다. 문이 닫혔다.

소독실에서 박진우가 건넨 가운과 모자를 썼다. 박진우는 지금 하는 짓이 미친 짓에 가깝다고 여기는 듯했다. 표정이 점점 어두워졌다. 나는 얼른 수성을 잡고 싶어 안달 나 있었다.

"내가 아는 수성은 사람의 얼굴을 잘 기억하지 못해요. 타과 간호사라고 할게요."

"그걸 믿을지 모르겠네요……." 박진우가 자신 없는 목소리로 말했다.

나는 박진우의 어깨를 세게 잡았다가 풀었다. 그에게 확신을 주려고 한 행동이었지만, 내 손길에 그의 어깨는 작게 떨고 있었다. 이미 엎질러진 물이라는 건 그도 나도 잘 알았다. 다만, 경찰이 오기 전에 수성의 꼬리를 잡는 게 내 목표였다.

신생아실에 들어섰다. 신생아들은 각자 자신의 침대에서 작은 팔다리를 움직이거나 곤히 잠을 자고 있었다. 수성은 한가운데에서 칭얼거리는 아이를 안고 있었다. 그러고 있으니 그녀가 진짜 간호사처럼 보이기는 했다. 수성의 피곤한 눈이 우리를 향했다.

"퇴근 안 했어요?" 수성이 박진우에게 나지막이 소곤거리며 물었다.

"인수인계할 게 많아서…… 소아과에서 오셨어."

150

"일손 부족하다는 소리 듣고 왔어요. 여기 오늘 비상이라 면서요."

내 말에 수성이 은은하게 웃으며 말했다. "분유 탈 시간이라 곤란하긴 했어요…… 적어도 두 명은 보내주셨어야 했는데, 그쪽도 바쁜가 보죠?"

다른 침대에서 아이가 자지러지게 울었다. 그러자, 깨어난 몇몇 아기들이 잠투정을 했다. 박진우와 나는 아기들을 보러 갔다. 아직 눈도 못 뜬 아기가 목청만 좋았다. 막상 우는 아기에게 갔지만, 한 번도 아기를 돌본 적이 없어 당황했다. 수성이 기저귀를 확인해보라고 하고 분유실로 들어갔다. 나는 당황해서 박진우를 바라보았다. 박진우가 능숙하게 대신 기저귀를 갈았다.

나는 분유실로 들어가 수성의 뒷모습을 관찰했다. 세심하게 눈금을 맞춰 분유를 조제하는 수성이 정말 외계인이라고 말하던 그 여자가 맞는지 의심스러웠다.

내 인기척을 느낀 수성이 돌아보지 않고 말했다. "분유실은 들어오면 안 돼요."

"아, 죄송해요."

문가에 서서 수성을 지켜봤다. 수성은 주머니에서 뭔가를 꺼내는 것 같았다. 분유통에 퐁, 뭔가가 떨어지는 소리가 들렸다. 저게 뭐지, 분유에 뭘 넣은 거지? 수성은 분유통을 잡고 동그란 원을 그리듯 부드럽게 흔들었다.

그때 수성이 뒤를 돌아보며 물었다. "연주 씨는 이게 뭘까 궁금하죠?"

나는 눈썹을 치켜세우며 수성을 노려봤다. 수성의 기억력이 전처럼 나쁘지는 않은 모양이었다. 이제 날 똑똑히 기억했다.

"……분유잖아요. 아기들에게 먹일."

목소리가 제대로 나오지 않았다. 문틀을 붙잡고 선 채 겨우 버티고 있었다. 여기까지 온 용기는 어디로 가고, 이상하게 숨이 막히고 두 다리에 힘이 풀렸다.

"맞아요."

수성이 순식간에 조제한 분유를 들고 나갔다. 나는 그녀를 막아야 했다. 그녀의 포니테일 머리를 붙잡고 쥐고 흔들면 된다. 하지만 의지는 허물어졌고, 온몸이 마비된 것처럼 제대로 움직일 수 없었다. 이것이 수성의 힘일까. 서너 명 울던 아기들은 서로의 울음에 전염된 듯 모두가 자지러지게 울고 있었다. 비품실에 있었던 간호조무사 둘과 박진우가 당황하며 아기들을 달래려고 애썼다. 유유하게 걸어가는 한 사람, 수성은 제일 가까이에서 울고 있는 아기에게 미소를 보여주고, 젖병을 입에 갖다 댔다.

안 돼!

나를 억누르는 무거운 공기를 벗어나려고 힘을 꽉 쥐었다.

"안 돼!"

마음속 외침이 겨우 목소리가 되어 나왔다. 목소리는 턱없이 작아 그대로 묻혔다. 그때, 신생아실 문이 열렸다. 경찰들과 아까 내가 밀었던 경호원들이 함께 들이닥쳤다. 경호원은 난동을 부렸던 나를 가리켰다. 나는 수성에게 손가락질을 했다.

"젖병을 뺏어요, 저 여자가 분유에 약을 탔어요!"

그들이 나타나자, 결계가 사라진 듯 비로소 제대로 말이란 것이 터져 나왔다. 그리고 그들의 등장에 아랑곳하지 않고 신생아에게 젖병을 물리려는 수성의 포니테일 머리채를 잡아당길 수 있었다. 수성은 새털처럼 가볍게 뒤로 넘어졌다. 바닥에 쓰러진 수성의 몸 위에 올라탔다. 씩 웃는 수성의 입꼬리를 보자 견딜 수 없어졌다. 나는 이성을 잃고는 수성의 얼굴을 손톱으로 할퀴고, 목을 부러뜨릴 듯 힘을 눌러 졸랐다. 경찰들이 수성과 나를 떼어놓으려고 몰려들었다. 나는 계속해서 같은 말을 되풀이했다.

"아기들에게 분유를 주지 마세요. 분유에 약을 탔어요. 분유를 주면 안 돼요. 분유를……."

"선생님, 정말 뭘 탔어요?" 경찰 중 누군가가 수성에게 물었다.

"네, 맞아요." 수성이 대답했다.

* * *

H대 병원 신생아 다섯 명에 대한 죽음의 책임이 수성에게 있다는 명확한 단서는 발견되지 않았다. 다만, 수성은 현장에서 분유에 과량의 수면제를 탄 혐의로 재판에 넘겨졌다. 그때 내가 본 것은 희귀 곰팡이가 아니라, 수면제였다. 수성은 법정에서 혼자 아기들을 다 맡을 수 없어서 임의로 처방했다고 대답했다. 내가 좋은 타이밍에 맞춰 수성을 막았기 때문에 수성은 공식적으로 한 명의 아기도 죽이지 않았다. 어떻게 보면 내가 수성을 살린 것이다.

나는 수성이 뭘 좋아하는지 알 수 없어 한참을 고민하다가 그냥 빈손으로 갔다. 과천의 정신병원에 있는 수성을 찾았다. 반년 만에 본 수성은 고되고 수심 깊었던 얼굴은 어디로 가고, 처음 봤던 그날처럼 투명하고 앳된 얼굴이었다. 하얀색 환자복이 무척 잘 어울렸다.

"연주?"

수성이 나를 기억하고 먼저 물었다.

"이제 잊지 않는구나."

"그럼, 난 변했어요. 옛날과는 달라요."

"그래, 얼굴이 좋아 보여."

내 칭찬에 수성이 맑게 웃었다. 나는 전부터 줄곧 궁금했던 것을 물어보았다.

"두 번째 임무가 아기들이었다면, 왜 재로 만들지 않았지? 아빠나 헬레나 수녀와는 다른 방법이었잖아. 말하자면, 그건 인간의 방식이지."

수성은 생각에 잠겼다. 턱을 괸 채 포니테일 머리카락 끝을 손가락으로 말았다.

"21년을 인간으로 살았으니까, 고민됐어요. 겨우 21년인데. 인간의 삶은 고향에서의 삶보다 훨씬 더 길고 깊게 느껴졌어요. 인간을 선택했어요. 그 대가로 곧바로 전 버려졌어요. 나는 이제 철저히 혼자예요."

내가 품어왔던 의혹에 대한 가장 인간적인 대답이었다. 수성이 가련하게 느껴졌다. 하고 싶은 게 뭐냐고 물었다.

"하고 싶은, 하고 싶은……."

수성은 내 말을 중얼거리며 곰곰이 생각했다. 면회 시간

머큐리 테일　　　　　　　　　　　　　　155

이 다 지나도록 끝내 대답하지 못했다.

　친정으로 가자 출산한 지 얼마 되지 않은 산모가 어딜 그렇게 쏘다니느냐고 엄마의 잔소리가 이어졌다. 엄마는 아기를 보느라 지친 얼굴이었다.

　"엄마, 이수성 기억해?"

　내 말에 엄마가 마지못해 고개를 끄덕였다.

　"나 그 여자 만나고 왔어."

　"왜?"

　나는 수성이 외계인이라, 그래서 아빠의 시신을 찾을 수 없다는 것을 알려주기 위해 그간 벌어진 일의 자초지종을 이야기했다. 엄마는 아빠가 마지막 사랑이라고 폭탄선언을 할 때보다 더 놀란 얼굴이었다. 내 양어깨를 세게 흔들었다.

　"그 여자는 자살 시도 후에 줄곧 코마였어. 깨어난 뒤에 머리가 이상해져서 정신병원에서 치료받고 있다고 들었다. 연주야. 너, 정말 한 서방 말대로 미친 거야?"

　이상했다. 내가 아는 진실을 해명하기 위해 증거를 찾았지만, 하나도 찾을 수 없었다. 이수성과 간호사 이수정이 동일 인물이라는 증거는 닮은 외모 외에는 어디에도 없었다. 아마 수성이 모든 흔적을 지운 것 같았다. 그녀는 외계인이었으니까. 세상을 속이는 일은 쉬운 일이겠지.

　이후로 수성을 한 번 더 찾았지만, 제대로 이야기를 나눌 수 없었다. 그녀는 완전히 미쳐 있었다. 하지만 나는 수성의 눈동자 속에서 우리 둘만이 아는 수신호를 교환했다.
　마치 비밀 일기를 쓰듯이.

멸종 아이

◆

1900년대에 존재했던 멸종 인류가 눈앞에서
말하고 걸어 다니며 잠잔다는 그 특별함을 사랑했다.
같은 종족에게서 볼 수 없는 신비가
아리를 감싸고 있었다.

1

　산호는 아리를 지켜보는 일이 쉽지 않았다. 이틀 전 생태
연구소 산하 유전자 복원소 A연구소에서 또 한 번 정전이
일어났다. 올겨울에만 벌써 네 번째 정전이었다. 영하 50도
에 육박하는 믿을 수 없는 겨울 날씨에 에너지 사용량이 급
격히 늘어나면서 예고 없이 셧다운이 발생했던 것이다. 산
호는 미리 비축해둔 기름으로 난로를 틀고 거대한 사육실
에 갇혀 덜덜 떨고 있는 아리의 상태를 살폈다. 피부 위에
백열등을 갖다 대면 파랗고 가느다란 실핏줄이 보일 정도
로 아리의 피부는 얇고 지방층이 거의 없었다. 2미터가 넘
는 장신, 외계종처럼 좁은 턱, 붉은색 눈동자가 특징이었
다. 1900년대 초, 아리의 선조들은 유라시아 일대에서 동물

원에 갇혀 살았다. 때로 마녀라고 치부된 여자들은 종종 화형을 당하기까지 했다. 그렇게 이미 한참 전에 멸종한 아리 종족은, 유전자 복원소장의 지휘 아래 DNA가 복원되면서 21세기에 되살아났다.

첫 번째와 두 번째 아리는 소리소문 없이 죽었다. 지금 산호 앞에서 오리털 점퍼를 입고 몸을 잔뜩 웅크린 아리는 다섯 번째 시도 끝에 성공한 아이였다. 이번 겨울을 넘기면 아이는 열 살이 될 터였다. 연구소 팀원들은 모두 특별한 인간인 아리를 사랑했다. 특히 다섯 번째 아리는 이제까지 아리와 달리 의사 표현이 명확했고, 배우는 것이 빨랐다. 유전자 조작의 결과였다. 인간으로 치면 열두 살의 신체 발달과 언어 능력을 가지고 있었다. 요즘 아리가 가장 많이 하는 말은 "추워, 추워서 못 살겠어"였다.

산호는 동남아시아에 다녀온 친구가 사다 준 망고스틴을 아리에게 건넸다. 아리가 제일 좋아하는 과일이었다. 붉은 동공이 확장되며 아리가 침을 흘렸다. 키에 비해 작은 손이 얼음장처럼 찼다. 추위에 오래 노출될수록 아리는 살기 어렵다. 그 전 아리들 모두 정전된 한겨울에 삶을 마감했다고 들었다.

"가만있어. 까줄게."

산호의 말에 아리는 손가락을 다시 오므렸다. 체온계를 확인하니 37.2도였다. 아리의 적정 체온은 38도다. 사육실 안에는 기름 난로 두 개와 이미 한참 전에 식은 실리콘 온수 주머니가 전부였다. 산호는 배터리가 완충된 휴대 난로를 꺼내 아리의 말단 부위에 부착했다. 아리는 산호가 알알이 깐 망고스틴을 집어 먹으며 씨를 뱉어냈다. 오랜만에 흡족한 미소가 번졌다.

"아빠, 겨울은 언제 지나가?"

"아빠 아니라니까. 겨울은 한 달만 버티면 지나가."

아리는 어린애같이 피이 하고 입을 삐죽이며 믿지 않았다. 약 한 달 전에도 산호가 똑같이 대답했던 걸 기억하고 있었다. 아리가 팀원 중에서 가장 잘 따르는 사람이 산호였다. 팀원들이 이러저러한 이유로 소리 없이 바뀌는 동안, 태어나서 지금까지 아리의 성장 과정을 지켜본 사람이 산호였던 것이다. 괜히 아리가 아빠라고 부르는 게 아니었다. 산호는 아리가 답답한 유리통을 벗어나 한밤중에 진짜 별을 볼 수 있도록 남몰래 나서주기도 했고, 책에서만 볼 수 있던 것들을 아리에게 직접 가져다주면서 그 왕성한 호기심을 충족시켜주었다. 아리가 아프기라도 하면 교대 근무를 거부해가며 그 옆을 지켰다. '태어난 지 얼마 안 되어 몇 년 전에 죽은 딸을 아리로 생각하는 것 같다'면서 다들 수군거렸지만, 산호는 신경 쓰지 않았다. 산호에게 주어진 유일한 임무는 아리였다. 날마다 아리의 행동 패턴과 특이 사항, 건강을 체크해 본부로 보냈다. 무슨 생각으로 본부에서 아리에게 집착하는진 알 수 없었지만, 한낱 개미는 시키는 대로 할 뿐이었다.

아리 종족의 기대 수명은 서른 살이었다. 그러나 보통은 그 전에 죽을 것으로 추정됐다. 산호가 여태껏 파악한 아리 종족은 큰 키에 비해 살이 붙지 않아 뼈다귀만 붙여놓은 듯 연약했다. 추위에 젬병이었고, 잡식성이긴 했지만 고기를 잘 소화하지 못했다. 동물로 치면 커다란 기린 같았다. 잠은 또 왜 이렇게 많은지, 꼭 뭘 먹고 나서 잠깐이라도 눈을 붙여야 개운해했다. 옆에서 지켜보고 있으면 어째서 아리 종족이 멸종될 수밖에 없었는지 납득이 갔다. 느린 운동신경과 큰 키는 생존에 불리한 최악의 조건이었다.

산호는 아리가 버린 망고스틴 씨를 챙겨 사육실을 나왔다. 연구소 자체 발전기를 가지고 최소한의 에너지로 돌아가는 컴퓨터 앞에 앉아 있던 메건이 꼴사납게 몸을 떨며 말했다.

"아리 부럽다. 사시사철 간식 배달하는 아빠도 있고, 혼자 따뜻한 방에서 호의호식하고."

164

비꼬려던 의도가 아니라 정말로 부러워서 한 말이었다. 빙하기가 왔다 해도 이상하지 않을 정도로 한국의 겨울은 날이 갈수록 춥고 길어졌다. 연구원들은 개인 난로가 금지되어 늘 두꺼운 오리털 패딩과 털모자로 완전 무장을 하곤 했다. 일터가 전쟁터로 변한 지 오래였다. 얇은 맨투맨 티를 입고서 늘 춥다, 춥다를 연발하는 아리가 때로 얄미워 보이는 것도 당연했다. 하지만 곧바로 산호의 잔소리가 날아왔다.

"따뜻하긴요. 내부 온도가 24도밖에 안 돼요. 전기 들어오는 대로 35도까지는 올려야 합니다. 냉증이 계속되면 아리가 위험해져요."

"니미럴, 우리도 죽겠어요. 모두가 강 연구원처럼 강철이 아니라구요."

메건은 계속된 야근에 지독한 피로감을 호소하며 신경질적으로 대답했다. 그런 메건의 반응에 산호도 한마디 했다.

"우리는 죽어도 돼요. 멸종 인류가 아니니까."

그 말에 메건은 질렸다는 듯 고개를 흔들고 눈을 감았다. 산호는 의자에 앉아 오랫동안 잠든 아리를 지켜봤다. 모니터 화면에 뜬 생체 온도가 온통 푸른색이었다. 최근 들어 아리의 존재 이유를 놓고 연구원들끼리 부딪치는 일이 잦아졌다. 아리에게 관심이 많던 역대 대통령들과 달리 현직 대통령은 아리를 보고 심드렁하게 반응했다. "그래서 쟤가 할 줄 아는 게 뭡니까?" 대통령은 그 말 한마디를 툭 뱉어놓고 자리를 떴다. 곧바로, 아리 프로젝트에 회의를 느껴온 반대파가 발언권을 얻어 들고일어났다.

하지만 30년 동안 진행된 아리 복원 프로젝트를 하루 만에 손바닥 뒤집듯 엎을 수는 없었다. 예산이 깎일 것이다, 책임자가 바뀔 것이다 등등 여러 말이 오갔다. 산호는 그런 얘기를 다 한 귀로 흘려보내고 미련스러울 정도로 임무에 충실했다. 1900년대에 존재했던 멸종 인류가 눈앞에서 말하고 걸어 다니며 잠잔다는 그 특별함을 사랑했다. 같은 종족에게서 볼 수 없는 신비가 아리를 감싸고 있었다. 산호는 아리를 대할 때면, 자신이 인류의 대표라도 된 것처럼 최선을 다했다. 그래, 지나치단 소리를 듣긴 했다. 요원들 사이에선 어제의 동료가 오늘의 적이 되는 일이 다반사였다.

정서적 교류를 하지 말 것. 이것이 첫 번째 지침이었다.

"으음. 어어."

말보다는 옹알이에 가깝던 아리의 혀가 트이고 제일 먼저 발음한 단어는 '아빠'였다. 그 무렵 왕성한 호기심을 발휘하기 시작한 아리는 새로 들어온 물건을 전부 다 입으로 가져가곤 했다. 어느 날엔가 아리를 예뻐하는 어느 연구원이 레고 장난감을 사 오자, 하루 종일 그걸 갖고 놀다가 'ㄴ' 자 곡선이 있는 꽃 모양 레고 조각을 입에 넣은 적도 있었다. 아주 찰나의 순간, 레고 조각이 미끄덩한 입안으로 쑥 들어갔고 아리는 시퍼레진 얼굴로 바닥을 쳤다. 점심 교대가 끝난 나른한 오후 시간이었다. 산호는 프림이 잔뜩 들어간 다방 커피를 마시다가 전광판에 들어온 빨간불을 보고 기함하며 모니터 화면을 바라봤다. 몸이 뒤집힌 아리가 바닥에서 힘겹게 버둥거리고 있었다. 산호는 3미터 남짓한 거리를 뛰어가 사육실 버튼을 누르고 아리의 몸을 일으켜 흉곽을 압박했다. 응급처치를 하기까지 채 1분이 걸리지 않았다.

"컥."

거친 기침과 함께 꽃 모양 레고 조각이 침에 섞여 튀어나왔다. 아직 파란빛을 띤 아리가 아빠, 하고 울음을 터뜨리자, 산호는 튄 레고 조각이 목젖으로 들어오기라도 한 양 뜨거운 감정이 목울대를 치고 넘어오는 걸 느꼈다. 동료들이 몰려오고서야 산호는 가까스로 감정을 삼킨 채 바닥에 흩어진 레고를 통째로 쓰레기통에 갖다 버렸다.

"이제부터 아리에게 줄 장난감은 내게 다 보고해요."

A팀에 오래 있기만 했을 뿐 매번 승진에서 누락되던 과장급 산호의 말을 동료들은 순순히 따랐다. 산호에게 카리스

마가 있어서가 아니라 그가 알 수 없는 인간이라서, 속을 내
보이지 않는 냉혈한 같아서 그랬던 거다. 알고 보니 시즌 한
정판으로 나온 꽃 컬렉션 레고를 선물한 사람은 팀장이었
다. 팀장은 자신의 실수를 덮기 위해 아리가 드디어 말문을
텄다는 데 집중하며 아리의 뇌를 스캔하고는, 그전 아리 종
족보다 훨씬 더 진화된 유전자일 거라면서 흥분했다. 팀장
은 아리의 전두엽과 두정엽 사이 동그랗게 생긴 검은 구역
에 표시를 하고 이 부위를 '검은 샘물'이라 불렀다. '검은 샘
물'은 호모사피엔스의 뇌에는 존재하지 않는 공간이었는
데, 팀장에 따르면 아직 밝혀지지 않은 아리 종족만의 비밀
일 것이라고 했다. 뭐가 됐든 산호가 바라는 건 어서 추위가
물러나 아리와 함께 연구소 뜰에 나가서 자연을 느끼는 것
뿐이었다. 아리는 흙냄새를 좋아했고, 들개처럼 흙에 얼굴
을 비비다가 비가 올 것을 예측하기도 했다. 대기의 변화를
감지하는 동물적 감각이 타고난 것 같았다. 모니터 화면으
로 아리의 체온이 조금씩 오르는 것을 확인한 산호는 본부에
'특이 사항 없음'이라는 메시지를 보낸 뒤 연구소를 나왔다.

연천에 오고 난 뒤로 언제나 꿈자리가 사나웠다. 새벽녘
5~6시에 끙끙 앓다가 힘들게 꿈에서 깼다. 이부자리가 땀

으로 흥건했다. 산호는 창밖을 확인했다. 몇 년 새 별이 유독 많아졌다. 눈에 보이는 별은 이미 몇만 년 전에 죽은 빛의 잔해라고 했다. 우주도 변해서 별들도 살기 만만치 않은 건가. 산호는 자신의 어리석은 생각을 비웃으며 다시 잠자리에 들었다. 땀으로 흥건했던 이불이 아직 축축했다. 쉽게 잠이 오지 않을 터였다.

산호는 원래 꿈도 꾸지 않고 베개에 머리를 대면 바로 잠이 드는 타입이었다. 하지만 연천 오지에 위치한 연구소에 들어온 이후 하루도 빠짐없이 악몽을 꿨다. 산호만이 아니라 모든 연구원이 동일한 증세를 보였다. 팀장 말로는 원래 이곳 터가 한국전쟁 당시 포로들을 대규모 학살했던 무덤가였다고 했다. 산호는 100년은 더 지난 그 사람들의 원혼이 아직도 남아 있을 리 없다고 생각했다. 그러기에 지구는 너무 작지 않은가.

한 줌의 기억도 나지 않는 간밤의 꿈을 상기하려고 많은 노력을 기울였지만 다 허사였다. 어느 순간 '잊어버릴 이유가 있으니까 잊었겠지' 하고 넘겼다. 그저 한 번쯤은 바닥을 엉금엉금 기어다니던 해인이 꿈에 나와주기만을 바랄 뿐이었다. 열꽃이 피고 쉭쉭 힘들게 숨을 들이쉬던 해인의 죽음은 원인 불명이었다. 산호는 15년이 지난 지금까지도 어떻게 현대 의학이 원인 불명이라는 무책임한 사망 선고를 내릴 수 있는지 분노했다. 병원이 잘못을 은폐했다고 생각해 싸움을 벌이며 증거를 뒤지고 다녔지만, 어떤 단서도 나오지 않았다. 아내는 금방 포기했다. 아니, 집안 어른들은 산호가 너무 오래 붙잡고 있는 거라고 했다. 보낼 때는 보내줄 줄도 알아야 한다면서, 오히려 '고작' 27개월을 살다 간 아이에게 붙은 정을 왜 못 뗀 채 달고 사는지 이해하지 못했다. 이혼은 당연한 수순이었고, 아내는 도피하듯 금방 재혼했다. 원래 속정이 깊은 사람이었다. 그 사람의 까맣게 타버린 마음을 알기에 산호는 미워할 수 없었다. 다만, 해인을 기억하는 사람이 이젠 자신밖에 없을 거라는 생각이 들 때면 몹시 고독해졌다. 간밤의 기억나지 않는 꿈은 해인이었을까. 산호는 비교적 가벼이 오래된 상념을 털어냈다.

1층에 있는 식당으로 내려가 토스트와 주스를 받아들었다. 실내에 오랜만에 훈풍이 돌았다. 급격한 온도 차 탓에 창문이 뿌연 습기로 뒤덮여 밖이 하나도 보이지 않았다. 찌뿌둥한 얼굴 하나가 탁, 하고 식판을 내려놓더니 맞은편에 앉았다. B팀의 이진이었다.

"작년에 했어야 했다. 굿 말이야. 너희 팀장이 샤머니즘이다 뭐다 개지랄만 떨지 않았어도 내가 이 생고생은 안 했을

170

텐데."

"그 부분은 나도 최 팀장 말에 동의해. 여기에서 작두 타고 방울 흔드는 게 맞진 않지."

"아리야."

"뭐가?"

"내가 생각해봤는데, 지금 아리가 다섯 번째잖아. 그 전 아리들은 다 죽었고. 한국전쟁 원혼들이 아니라, 아리 원혼들이 더 맞지 않을까?"

이진은 무심결에 말을 내뱉었다가 산호의 일방적인 무시를 당했다. 산호는 입맛 떨어진다는 듯 반도 먹지 않은 토스트를 접시에 놓고 자리를 떴다. "아리가 아빠라 불러준다고 진짜 아빠 줄 아네, 등신" 하는 이진의 욕설이 귓전에 울렸다. 예전의 산호였다면 등신 새끼는 너라고, 아리는 누구를 해할 욕망도 의지도 없는 종족이라고 제대로 되돌려주었겠지만 그저 자리를 피하는 것으로 마무리했다. 임무대로 아리를 지키는 것 말고 다른 일은 하고 싶지 않았다. 어쩌면 욕망과 의지가 없는 아리와 비슷하게 변해가는 중인지도 몰랐다.

오늘 비번이라 오전 내내 식당에 앉아 책을 읽으려던 계획은 무산되었다. 산호는 숙소로 돌아가 차갑게 식은 침대에 다시 누웠다. 내부 웹사이트에 접속해 실시간으로 아리를 살폈다. 아리는 사육실 안에 설치된 모니터를 보며 운동을 하고 있었다. 제자리 뛰기를 열심히 했는지 양쪽 뺨이 잘 익은 사과처럼 붉었다. 저러다 실핏줄이 터지지……. 산호는 게시판에 뜬 심박수를 확인했다. 그때 휴대전화 불빛이 유난스레 반짝였다. 여태껏 응답이 없던 본부로부터 메시지가 온 것이다. 화면 속 아리는 헐떡거리며 주저앉았고 눈가의 실핏줄이 터져 오른쪽 눈을 찡그렸다. 지켜보는 연구원이 없을 리 없는데……. 산호는 곧바로 주의를 주려고 연구소 버튼 1번을 눌렀다. 긴 통화음이 이어졌다. 그사이 산호는 본부로부터 온 메시지를 확인했다.

'목표물을 처리하라.'

온몸의 피가 싹 빠지는 것처럼 힘이 풀렸다. 아리를 죽여야 한다.

2

400킬로미터를 단숨에 달렸다. 온통 산으로 둘러싸인 연천의 풍경과는 다르게 멀찍이 바다가 넘실대며 석양에 물들어갔다. 외근 중이라던 제이가 이쑤시개로 이를 쑤시며 나타나, 로비에 앉아 기다리던 산호를 보고 고갯짓을 했다. 웃겨, 정말. 소문이 사실이었어. 빈정거리는 말도 잊지 않았다. 입사 동기였던 제이는 임무 수행 중 한쪽 눈을 실명하는 사고를 겪은 뒤 줄곧 내근직을 맡아왔다. 하지만 그 일이 체질에 더 잘 맞았는지 제이는 어느덧 산호의 상사가 되어 있었다. 두 사람은 한 번도 가깝게 지내본 적이 없었다. 국가 이익이라는 신념 아래 본부의 명령이라면 물불 안 가리고 뛰어들었던 산호와 교묘하게 본부의 명령을 거부하며 자신의 신념을 관철시키던 제이는 서로 달라도 너무 달랐다. 그런데 이제 상황이 뒤바뀌어버렸다. 산호는 아리를 처리해야 할 이유에 대해 제대로 된 설명을 원했고, 그래서 제이를 만나고자 했다. 납득할 만한 이유가 없다면 그 일을 처리할 수 없었다.

"살 좀 쪘네. 강 팀장. 그래, 매일 책이나 읽으며 소꿉놀이하니 신수가 훤해졌어."

"아리에 대해 뭘 알고 있긴 한 거야? 지금의 아리는 이전과는 달라. 분명 종 보존과 인류 발전에 큰 기여를 할 거야. 그게 아니더라도, 멸종 인류를 함부로 다룰 수는 없어. 아무리 국가 정보기관이라도 말이야. 제이, 네가 시간을 끌어줘.

내가 어떻게든 증명할게."

"꼭 거기 잘난 박사들처럼 말하네. 너 한 군데에 너무 오래 있었다. 거기에서만 10년을 있었지? 내년부터 연천에서 나와."

"제이, 아니, 이 부장님!" 산호가 벌떡 일어나 항의했다.

제이는 데스크에 놓인 전화기를 들어 어딘가로 호출을 넣었다. 하지만 명령을 내리기 전, 산호가 나와와 선화기를 빼앗더니 때려 부술 듯 수화기를 내려놓았다. 이 새끼가. 당장 제이의 입에서 욕설이 흘러나왔다. 제이는 산호의 번들거리는 눈동자에서 전에 없던 광기를 읽었다. 제이는 졌다는 듯 소파에 앉아 산호가 다시 자리에 앉기를 기다렸다. 산호는 예민하게 적의 동태를 살피는 저격수같이 촉각을 곤두세웠다. 여차하면 금방이라도 제이를 물어뜯을 것처럼 기가 살아 있었다. 당황한 제이는 산호가 명령에 불복해 여기 올 것을 본부에서도 예상하고 있었다는 점을 얘기할 수 없었다. 이미 다른 요원이 연천에 파견됐다는 사실도. 목표물은 처리 중이거나 처리를 했을 가능성이 높았다.

"원장이 직접 지시한 일이야. 나도 어쩔 수가 없는 일이라고, 친구야."

"직접 만나겠어."

174

"지금 말리부에 있어."

"말리부 어디?"

"당장 날아가기라도 하려고? 국정원장 동선을 어떻게 파악해?"

잠시 생각에 잠겨 있던 산호는 쾅 하고 테이블을 주먹으로 내리쳤다. 그러고는 잊었던 생각이 번개처럼 스친 듯 갑자기 제이의 먹살을 잡았다.

"보냈지?"

제이는 이제야 그걸 눈치챈 산호가 감을 제대로 잃었다고 생각했다. 국정원을 졸로 보나.

산호의 타는 듯한 눈빛에 미안해진 제이는 눈을 질끈 감고 고개를 끄덕였다. 씨발! 산호가 소리쳤다. 당장 튀어가려던 산호를 붙잡은 제이는, 네가 봐야 할 게 있다면서 먼지가 그대로 쌓여 있는 낡은 고서를 건넸다. 영어가 아니라 몽골어로 쓰인 두꺼운 책이었다. 지금 이 순간에 겨우 책이나 읽으라고? 산호가 아랫입술을 씹으며 노려보자, 제이는 책을 넘겨 표시해둔 페이지를 펼쳤다. 밑줄 친 글귀 아래 삽화가 실려 있었다. 작은 머리와 뾰족한 턱, 진하게 색을 넣은 눈동자, 큰 키. 아리인들이었다. 그림 속 아리인들은 잠든 아이를 무섭게 내려다보고 있었다.

"몽골에서 제일 오래된 인류학 책이야. 이 책에 따르면 아리 종족은 꿈을 통해 사람을 조종한대. 사람이 뭐야, 꿈을 꾸는 모든 포유류를 마음만 먹으면 조종할 수 있다고 나와 있어."

제이의 설명에 산호는 기가 차다는 듯 웃음을 흘렸다. 겨우 이딴 잡설만 늘어놓은 책을 근거로 세상에 하나밖에 없는 종족을 처리하라는 건 말이 안 됐다. 오늘 아침에 "굿을 했어야 했다"며 투덜대던 이진은 차라리 양호한 축에 속했다.

"개소리 들을 시간 없어. 가야 해."

"이미 죽었어!"

시간이 없었다.

"네 말이 사실이라면, 아리는 죽지 않았어. 꿈으로 사람을 멋대로 조종할 수 있으니까."

산호는 이 한마디를 남기고 점점 고급스러워지는 제이의 사무실을 나왔다. 제발. 이 순간만큼은 제이가 내놓은 황당한 가설이 사실이길 바랐다. 핸들을 잡은 손에서 자꾸만 힘이 풀렸다. 간밤에 꾸었던 꿈이 갑자기 생생하게 기억났다.

아리는 죽어가고 있었다. 입에서 잔뜩 피를 토했고, 긴 팔다리가 심하게 경련을 하다가 이내 축 늘어졌다. 아빠, 아빠라고 불렀다. 슬프거나 다급한 목소리가 아니라 아주 다정하게 부탁을 하는 어조였다.

　아빠, 아리를 죽여줘요.

　급하게 연구소 웹사이트에 들어가 아리를 확인했다. 화면에 보여야 할 아리가 어디에도 없었다. 곧바로 '페이지를 이용할 수 없다'는 경고 창이 떴다. 웹사이트가 멈춰버렸다.

　해가 넘어가고 새벽녘에야 도착한 연구소는 산호의 불안과는 다르게 고요했다. 부리나케 안으로 들어간 산호는 차오른 숨을 고를 겨를도 없이 아리를 찾았다. 아리! 버럭 고함을 내지르는 소리에 흙을 가지고 놀던 아리가 동그란 눈을 하고 이쪽을 쳐다봤다. 마침 데이터를 분석하던 최 팀장도 나와서는, 사육실 안에서 아리의 몸을 이리저리 살피는 산호를 이상한 눈으로 지켜봤다. 약 5분 뒤, 아리가 아무 이상이 없다는 걸 확인한 산호가 물 한 모금 마시지 못한 사람처럼 허겁지겁 냉수를 들이켰다. 그러고는 왜 하루 종일 웹사이트에서 아리의 모습을 볼 수 없었는지 여러 사람을 향해 물었다. 누가 들어도 보호자 같은 말투였기에 팀장의 심기를 건드렸다.

　"산호 씨는 오늘 아리가 정밀 검사하는 날이라는 걸 잊었나 봐요. 게다가 옷차림이 그게 뭐예요? 당장 나가세요."

최 팀장은 연구소 전용 모직 코트를 입지 않고 외출복을 그대로 걸치고 들어온 산호를 위아래로 훑었다. 산호의 옷에서 나는 바깥 냄새에 아리가 흥미를 느끼며 코를 킁킁대는 모습을 본 모양이었다. 다들 모직 코트만으로는 동사하겠다며 팀장이 자리에 없을 땐 개인 점퍼를 챙겨 입곤 했는데, 오늘은 재수가 없게도 산호가 표적이 되어 걸리고 만 것이다. 산호는 변명도 제대로 하지 못한 채 연구실에서 쫓겨났다. 아리가 무사했으면 됐어. 그런데 놈은 어디에 있을까.

근무 교대까지는 아직 여섯 시간이 남아 있었다. 지금 숙소로 돌아가 한숨 자면 딱 알맞을 시간이었다. 그러나 산호는 1층 로비에 가서 로봇이 건네는 진한 커피를 받아 들고는 몰려오는 피로를 내쫓았다. 그길로 수십 개의 CCTV 화면을 지겹게 보고 있는 경비원을 찾아갔다. 특별한 일이 없었느냐는 산호의 물음에 경비원이 지겨워 죽겠다는 얼굴로 고개를 저었다. 그는 용건이 끝났는데도 가지 않고 대형 화면으로 시선을 돌리는 산호를 수상쩍게 바라봤다. 불편해하던 경비원이 '어서 좀은 통제실을 나가줬으면' 하는 태도를 분명히 했지만, 산호는 어딘가에서 날을 세운 채 허를 찌를 타이밍을 노리고 있을 놈을 기다렸다.

"뭣 때문에 그러시는데요?" 경비원이 참지 못하고 나가달란 소리를 돌려 말했다.

"근처에 들짐승이 나올까 봐서요."

"아이고, 뭔 놈의 들짐승이요. 멧돼지도 다 동사해서 씨가 말랐어요. 연구실만 오가니까 모르시나 보죠? 이 근방에는요, 살아 있는 생명체가 있을 수가 없어요."

산호 역시 그걸 모를 리 없었다. 그러나 물정 모르는 연구실 샌님 취급을 받는 일 따위는 신경 쓰지 않았다. 산호는 혹시라도 이상한 움직임이 보이면 곧장 연락을 달라고 당부한 다음, 손전등을 빌려 서둘러 경비실을 나왔다. 누가 먼저 찾느냐에 따라 승패가 갈릴 터였다. 손님 방명록은 텅 비어 있었다. 돔 형태로 지어진 연구실 입구에 선 산호는 마을 출입구를 지키는 장승처럼 딱 버티고 있었다. 생각이란 것을 할 수 없을 만큼 금세 급격한 추위가 찾아왔다. 어딘가에 숨어서 침투할 틈을 보고 있을 놈도 더 이상 버틸 수 없을 정도의 시간이 경과했다. 산호는 발가락 끝이 동상에 걸린 것처럼 무감각했다. 그새 명령이 바뀌었을 리는 없는데, 이상했다.

차를 몰고 인근을 한 바퀴 돌았다. 마을과 떨어진 외진 곳이라 가로등은커녕 주도로를 제외하고 모두 비포장도로에 길이 끊어진 곳도 종종 있었다. 인근에 터를 잡고 살았던 마을 사람들도 비정상적으로 추워진 날씨 탓에 모두 도시 중심지로 옮겨 떠난 상태였다. 경비원 말대로, 이런 곳에 들짐승이 있다면 그건 연구 대상이었다. 환경에 맞춰 진화한 것일 테니.

서치라이트를 밝히며 산호는 독주를 병째로 홀짝거렸다. 비상시에 사용하려고 언젠가 의자 시트 밑에 넣어둔 칼도 꺼내어 오른쪽 안주머니에 숨겼다. 준비 태세. 놈을 찾으면 반드시 숨을 끊어놓을 것이다. 산호는 얼어붙어 잘 움직이지 않는 얼굴 근육을 풀며 주변을 정찰했다.

검은색 지프 차량이 도랑에서 살짝 미끄러진 듯 엎드려 있었다. 놈이다.

앞바퀴가 반쯤 도랑 쪽에 걸려 있었다. 산호에게 발각될까 봐 급히 숨다가 멈춘 듯했는데, 서치라이트를 켜지 않았다면 발견하지 못했을 위치였다. 산호는 차 시동을 끄고 놈이 먼저 반응해오길 잠자코 기다렸다. 안주머니에 숨긴 칼이 바윗덩이처럼 무겁게 느껴졌다. 사람을 마지막으로 죽인 게 언제인지 까마득했다. 국정원 비밀 임무를 맡고 연구소로 파견된 이후에는 매일 하던 훈련마저 그만뒀으니 놈에게 덤벼봐야 질 게 뻔했다. 그 순간 붉은 눈을 가진 아리가 자신을 관찰하던 순간이 떠올랐다. 산호의 마음속에서 이길 수 있다는 근거 없는 희망이 생겨났다. 놈은 여전히 웅크린 채 움직이지 않았다. 무슨 생각이지? 먼저 움직인 건 산호였다. 차에서 내려 몸을 낮추고 검은색 지프로 향했다. 금방이라도 숨어 있던 놈이 튀어나올 것처럼 뒷덜미가 서늘했다. 산호는 움찔거리며 칼을 꺼냈다. 칼바람이 그런 산호의 마음을 아는지 모르는지 머리칼을 마구 흔들며 장난을 쳤다.

똑똑. 차를 두드렸다. 여전히 묵묵부답이었다. 산호는 심호흡을 하고 선팅된 차창에 얼굴을 바짝 들이댔다. 놈이 고개를 푹 수그린 채 운전석에 앉아 있었다. 오랜 직감으로 짐작하건대 놈은 이미 죽어 있었다. 산호는 경찰을 부르는 대신 직접 차 문을 열기로 했다. 사람들이 오지 않는 외지이니 잘하면 일주일은 버틸 수 있었다. 산호는 놈의 심장에 꽂으려고 했던 칼을 뽑아 문틈 사이에 밀어 넣었다. 그런 다음 트렁크에 구겨져 있던 철제 옷걸이를 구부러뜨려 차 문을 열었다.

바깥과는 또 다른 냉기가 훅 끼쳐왔다. 산호가 놈의 어깨를 툭 쳤다. 이미 사후경직이 시작되어 몸이 얼음 조각처럼 단단하게 굳어 있었다. 놈의 얼굴을 확인하려고 고개를 숙여 손전등을 비췄다. 감긴 속눈썹이 인형처럼 길었고, 그 끝에 물기가 얼어 빛을 발했다. 이제 서른이 넘었을까 싶은 앳된 얼굴이었다. 안됐군. 이런 곳에서 동사를 하다니. 연천의 추위를 얕봤구나.

놈의 휴대전화를 찾았다. 그의 눈을 억지로 뜨게 한 채 잠금 화면을 열었다. 본부에서 여러 번 연락이 와 있었다. '불'이란 가명을 쓰고 활동하는 자였다. 다른 휴대전화가 바지춤에서 나왔다. 여자친구로 추정되는 인물이 배경 화면이었다. 그것을 보니 놈에게 불쑥 연민이 생겼다. 쓸데없이 사념이 많아지고 마음이 약해졌다. 산호는 휴대전화 두 개를 다 챙겨 다시 차로 돌아왔다. 히터를 최대로 틀고 놈에게서 들러붙은 죽은 자의 냉기를 떨쳐버리려 애썼다.

놈, 아니 불의 휴대전화가 미친 듯이 울렸다. 산호는 망설이다가 전화를 받았다. 제이였다.

"처리했냐?"

"네."

제이는 잠시 뜸을 들이다가 당부했다.

"강산호 조심해. 애가 돈 거 같으니까."

"네."

제이가 눈치채지 못한 것 같았다. 산호는 전화를 끊고 아리를 지킬 시간이 얼마나 남았는지 가늠했다. 불이 죽었다는 사실을 본부에서 알기까지 남은 시간은 길어봤자 스물네

시간이었다. 아냐, 열두 시간? 아홉 시간? 최 팀장이 교대 시간까지는 돌아오지 말라고 했었지만 산호는 다시 연구소 쪽으로 액셀을 밟았다. 불이 죽었으니 이제 더 많은 요원이 들이닥칠 터였다.

아리는 그 전 아리들이 썼던 크고 기다란 책상 자리에 앉아 동화책을 읽고 있었다. 내일까지 독후감을 써서 검사를 받아야 한다고 했다. 아리의 일과는 체계적으로 짜여 있어 시간표대로 움직였다. 아리의 선생님은 연구원 출신 교사로, 깐깐한 성격이라 가끔 너무하다 싶을 정도로 아리를 몰아붙였다. 선생님이 아리에게 지금보다 더 잘할 수 있다고 말하면 아리는 입을 삐죽이며 딴청을 피웠다. 교사의 열정을 따라갈 만큼 성실한 학생은 못 되었다.

"실제로 두루미랑 여우를 본 적이 있어?" 아리가 동화책에 나오는 그림을 가리키며 물었다.

"있지."

"둘 다?"

"응. 보러 갈래?"

산호의 제안에 아리는 이번에는 속지 않겠다는 얼굴을 했다. 잠시 생각하더니 좋은 생각이 났는지 슬며시 웃었다.

"아빠가 이리로 가져와. 여름을 기다리는 것보다 그게 더 빨라."

이미 봄이 되면, 여름이 되면 같이 가기로 약속해둔 곳이 많았다. 아리의 미래 계획은 빼곡했다. 아리는 제한된 시간에만 볼 수 있는 애니메이션과 TV 프로그램을 접하면서 아프리카에 가고 싶다고도 했고 지하철을 타보고 싶어 했으며 특히 롯데월드를 궁금해했다. 〈톰과 제리〉에 한창 빠져 있을 때는 메건이 직접 실험용 쥐를 가져와, '제리'가 실제론 그렇게 귀엽지 않다는 것을 알려주기도 했다.

"두루미와 여우는 살아 있는 거야. 여기서는 볼 수가 없어. 우리가 나가야 해."

"나가면 죽어."

아리는 오랜 시간 착실히 교육받아 의젓한 아이처럼 굴었다. 나가면 죽지. 하지만 여기 있어도 너는 죽을 거야. 더 빨리.

사육실 쪽에 상주하는 팀원 셋이 야식을 먹으러 나간 참이었다. 원래는 교대 식사를 해야 하지만 일찍 돌아온 산호가 본인이 지키고 있겠다며 자청했다. 오늘은 술을 좋아하는 만균도 있으니 반주를 하고 올 것이다. 한 시간쯤 걸리겠지. 시간이 별로 없다. 산호는 또 다른 불이 따라붙을까 봐 자꾸 주위를 두리번거리며 아리에게 옷을 입으라고 했다. 아리는 구석에 걸어둔 두꺼운 모피 코트를 걸쳐 입었다. 그 아래 드러난 맨다리가 추워 보였다. 담요를 여러 겹 묶어주 니 아리가 살짝 두려운 표정으로 물었다.

"정말 나가는 거야?"

"두루미랑 여우 안 보고 싶어?"

아리가 길쭉한 허리를 구부렸다. 거미 다리처럼 긴 손가 락이 산호의 머릿속을 부드럽게 헤집었다. 산호가 놀라 아 리를 올려다봤다. 아리가 뭘 이해나 하고 거듭 머리를 쓰다 듬는 건지 알 수가 없었다. 그러나 아리의 손길을 받는 동안 산호는 자신도 모르게 떨고 있던 두 손이 차츰 진정됨을 느 끼며 크게 심호흡을 할 수 있었다.

"빨리 보러 가자. 늦으면 전부 다 죽을 수 있어. 두루미도, 여우도, 아리도."

산호의 말에 아리도 알겠다는 듯 고개를 끄덕였다. 산호 는 복도 구석에 있던 손수레를 가져와 아리를 그 위에 앉혔 다. 그러곤 탈의실에 붙어 있던 커튼을 뜯어내 아리를 덮었 다. 사육실을 나온 아리는 벌써부터 추운지 입술이 새파래 진 채 몸을 부들부들 떨었다.

"지금부터는 게임이야, 아리. 게임이 뭔지 알지?"

"응."

"10분만 소리도 내지 말고, 움직이지도 마."

아리는 처음 타본 손수레가 신기한지 방긋 웃었다. 산호
는 아리의 등을 굽혀 둥글게 말도록 했다. 움직이지 말라고
다시 한번 신신당부를 하려는데, 아리가 이미 다 안다는 듯
단단하게 몸을 만 채 손수레 손잡이를 잡았다.

"우리 전에 별 보러 갔을 때처럼 비밀인 거잖아."

"그래."

산호가 별을 보여주려고 연구소 뒤뜰에 데려간 일을 떠
올리며 아리는 몸을 숨겼다. 그때는 산호가 먼저 망을 보고
재빨리 아리와 이동하는 식으로 팀원들 눈을 피해 연구소
를 나갔었다. 물론 다음 날 두 사람의 일탈이 그대로 보고되
어 산호는 징계를 받아야 했고, 팀원들은 그날부로 산호를
믿지 못하게 됐다. 하지만 그 일로 아리가 알고 있던 세계는
몇 배나 커졌다. 아리는 산호의 손을 잡고서 어둠이 무섭다
며 뒷걸음질 치다가 쏟아지는 별 무리와 낮게 깔린 초승달
을 보며 감탄했었다. 저것들이 매일 변한다는 사실에, 오늘
하루만 볼 수 있다는 사실에 아리는 기쁨과 슬픔을 동시에
느꼈다. 산호가 매일 이 풍경을 볼 수 있다는 것을 부러워하
면서. 하늘을 보며 살 짬이 없던 산호도 그날 이후 하늘을

자주 봤다. 가끔 사진을 찍어 아리에게 보여주기도 했다. 이게 보름달이야. 이건 북두칠성. 그렇게 아리는 별과 달을 사랑하는 아이가 되었다.

사육실에서 지하 주차장까지 가는 건 금방이었다. 복도 끝에 위치한 연구실과 채혈실을 지나 엘리베이터를 타고 내려가면 끝이었다. 10분도 안 걸리는 그 짧은 시간, 손수레를 미는 산호의 손에 힘이 들어갔다. 늦은 시간이라 복도에 사람은 없었다. 그러다 때마침 다른 층 연구원이 엘리베이터에서 나오며 산호에게 인사를 건넸다. 이름도 기억나지 않는 그 연구원은 산호가 끄는 거대한 짐 덩어리의 존재가 궁금한 듯 고개를 갸웃거렸다.

"뭐예요?"

산호는 어설픈 대답 대신 무뚝뚝한 표정으로 되받으며 연구원을 무시하고는 곧바로 엘리베이터로 향했다. '닫힘' 버튼을 누르고 'B1' 버튼으로 손가락을 옮기는 순간, 이쪽으로 뛰어오는 발소리가 들렸다. 다시 보니 지난해 인턴으로 들어온 신참이었다.

"그거 뭐냐고요!"

아, 정말 이러고 싶진 않았는데. 산호는 어쩔 수 없다는 듯 동그란 뿔테 안경을 쓴 젊은 연구원의 얼굴을 주먹으로 후려쳤다. 신참이 악! 하는 비명과 함께 밖으로 나뒹굴었다. 상대가 일어나는 데 시간이 좀 걸리도록 있는 힘껏 쳤더니 산호의 오른쪽 손목도 금세 얼얼해졌다. 엘리베이터 문이 닫히자 산호가 작은 소리로 아리에게 말을 건넸다.

"춥지? 빨리 갈게."

지하 1층 문이 열리자마자 산호는 아리에게 꽉 붙잡으라고 당부하고는 차를 향해 뛰었다. 차 문을 열고 조수석에 아리를 태웠다. 혹시 몰라 손수레도 뒷좌석에 아무렇게나 쑤셔 넣었다. 아리의 정수리 끝이 아슬아슬하게 차 천장에 닿았다. 아리는 하얗게 뜬 얼굴로 생경하게 외부를 살폈다. 백열등으로 눈이 부셨고, 각을 맞춰 주차된 차량이 레고 블록 같았다.

탈출은 생각보다 쉬웠다. 그런데 차단기가 올라가지 않았다. 산호는 초조한 기분으로 아리를 바라봤다. 아리는 바깥 구경에 정신이 팔려 있었다. 멀리서 손전등을 비추며 걸어오는 경비원이 보였다. 하는 수 없다. 산호는 아리에게 다시 한번 당부했다. 손잡이를 꽉 잡고 있어, 간다!

산호는 액셀을 힘껏 밟았다. 가로막힌 차단기를 향해 차가 돌진했다. 어어억. 깜짝 놀라 엉덩방아를 찧으며 물러나는 경비원 모습이 보였고, 차단기가 둔탁한 소리를 내며 멀리 나가떨어졌다. 그때부터 어떻게 서울까지 왔는지 모르겠다. 아리는 계속되는 시골길을 지루하다는 듯 보다가 고속도로를 쌩쌩 달리는 차들의 속도감에 놀라고, 그 안의 다양한 사람들을 구경하느라 바빴다. 강아지! 저건 버스! 여길 보네? 안녕! 폭격기처럼 말을 쏟아내던 아리가 어느새 길게 하품을 하고 눈을 비볐다.

"안 춥니?"

"응. 집보다 안 추워. 우리 어디 가?"

산호도 몰랐다. 출발할 때는 막연히 혼자 아파트에 사는 아버지를 떠올렸는데, 아무래도 국정원에서 제일 먼저 찾을 사람이 아버지란 생각이 들어 미련 없이 제외했다. 몇몇 친구도 떠올렸으나 신세를 질 수 있을 만큼 꾸준히 연락하는 친구는 없었다. 인간관계가 망가진 지 오래였다. 마지막으로 떠올린 사람이 승희였다. 서류상 남남이 되고 난 뒤 재혼한 승희는 얼마 안 가 다시 이혼을 했다고 들었다. 걸핏하면 술에 취해 전화를 걸어오던 승희를 매몰차게 대한 일이 생각났다. 손가락이 굳은 듯 망설여졌다. 하지만 승희가 있는 따뜻한 공간은 아리에게 안성맞춤이었다. 산호는 '해인 엄마'라고 등록된 번호로 통화 버튼을 눌렀다.

다이아몬드 사우나. 간판 불이 꺼져 있고, 유리문에 종이가 붙어 있었는데 매직으로 아무렇게나 휘갈겨 쓴 글씨가 눈에 띄었다. '임대 문의 환영, 단순 문의도 좋아요.' 가게가 예전만큼 좋아 보이진 않았다. 승희가 결혼하고 나서 물려받은 이 찜질방은 다섯 개의 이벤트 사우나실과 쾌적한 실내 시설을 겸비하고 있어 제법 돈벌이가 되었었는데. 신호음은 나지만 진화를 받지 않았다. 산호는 난감한 얼굴로 차 안에 있는 아리를 바라봤다. 아리는 깊게 잠들어 있었다. 차에서 내린 산호가 가게 유리문을 두드리고 안에 아무도 없느냐며 소리를 질렀다. 드르륵. 상가 주택으로 쓰이는 2층의 창문이 열렸다. 잔뜩 찡그린 얼굴을 한 승희가 황당하다는 듯 아래를 내려다보고 있었다.

"강산호? 당신 살아 있었구나."

산호는 대꾸하지 않았다. 잠자코 승희를 올려다봤다.

10년도 지나 다시 만난 전처는 흰머리가 덥수룩했고 야성적인 매력이 넘치던 얼굴이 모나게 변해 있었다.

"늙었네."

"너도 그렇네."

승희는 팔짱을 끼고는 콧방귀를 뀌듯 똑같이 받아쳤다. 찜질방은 오랫동안 비워둬 추우니 2층으로 올라오라고 했다. 산호는 잠에 빠진 아리를 신경 쓰며 고개를 저었다. 산호가 한사코 찜질방을 구경하고 싶다고 하자, 승희는 그놈의 고집 여전하다며 유리문을 열었다. 오래 묵은 먼지 냄새와 찜질방 특유의 수증기 냄새가 코를 찔렀다.

어쩐지 산호가 일찍 갈 것 같지 않다는 예감이 든 승희는 서둘러 보일러를 돌렸다. 늘 두문불출하던 공무원 같지 않은 공무원, 인간미라고는 없이 로봇 같던 남자가 딸이 죽은 뒤로 돌변해 모두를 당황시켰었지. 승희가 차를 끓이는 동안 산호는 정말 이 가게를 인수하기라도 할 작정인 양 곳곳을 둘러봤다. 천장 높이를 가늠하려는 듯 의자 위에 올라가 팔을 뻗는가 하면 찜질방을 보러 오는 사람이 있느냐고 묻기까지 했다. 사실 임대를 내놓은 지 1년이 넘도록 보러 오는 사람은 단 한 명도 없었다. 에너지 고갈이란 명분을 앞세워 말도 안 되게 오른 전기요금과 수도요금 때문이었다.

"혹시 연구소 잘렸어? 그래도 그렇지. 안목이 너무 없네. 이거 사양산업이야."

"여기 좀 빌려줘. 돈은 낼게."

산호가 가리킨 방은 황토방이었다. 가운데에 불가마가 있어 뜨거운 열기가 1,000도까지 오르는 방으로, 구석에 벽을 따라 붙박이 의자가 있었다. 아리가 눕기에는 좁지만 그래도 이만하면 괜찮았다.

어리둥절해하는 승희를 뒤로하고 산호는 차로 돌아가 아리를 깨운 다음, 걸음이 느린 아리를 업어 찜질방 안까지 들어갔다.

승희가 산호의 등에서 내린 종이 인형 같은 아리를 올려다보며 말했다. "누구야? 눈깔은 왜 저래? 병 있어?"

아리는 승희의 악성 곱슬머리가 재미있다는 듯 웃었다. 안녕하세요. 아리는 배운 대로 인사도 잊지 않았다. 승희는 아리가 보통 사람과 어딘가 다른 특징이 있지만 그게 정확히 무엇인지 찾지 못했다. 그냥 아리가 희귀병을 앓고 있다고만 생각했다. 특이한 외형과 육체에 비해 목소리는 애 같아서 말단비대증 같은 것에 걸렸구나 싶었다. 딱하네.

"아빠, 두루미랑 여우는?"

아빠라는 소리에 승희가 화들짝 놀라며 산호를 쳐다봤다. 산호는 태연한 얼굴로 승희에게 황토방 불가마 기계를 틀어달라고 했다. 거의 옷 무덤에 파묻힌 지경인 아리를 가리키며, 추위를 많이 타서 급하다고만 말했다. 엉겁결에 승희는 빼두었던 전기 플러그를 다시 꽂고 불가마 전원을 켰다. 정말로 추위를 많이 타는지 아리의 얼굴이 새하얗게 질려 있었다. 승희는 산호가 해달라는 대로 해준 다음, 기회를 틈타 아리에게 질문을 퍼부었다.

"넌 몇 살이니?"

"구 살."

승희는 아리의 나풀거리는 긴 손가락이 아름답다고 생각했다.

"손이 꼭 모델 같네. 엄마는 어딨어?"

"엄마는 없어. 너는 여기 살아?"

"너가 뭐냐, 존댓말은 못 배웠어?" 승희가 타박을 했다.

그사이 두 사람의 휴대전화가 동시에 시끄럽게 울려댔다.

'연천 유전자 연구소 돌연변이 곰 탈출. 긴급 수배 중. 문단속을 철저히 하시길 바랍니다.'

승희는 연달아 울리는 재난문자를 끄며 단숨에 퍼즐을 맞췄다. 연천 연구소에서 근무하는 산호와 눈앞에 있는 특이한 인간이 저 문자와 관련이 있을 테지. 돌연변이 곰의 정체를 파악한 승희가 세모눈을 했다. 원래부터 동물적 감각이 뛰어난 사람이었다.

"미쳤구나. 당장 경찰에 신고할 거야!"

승희가 소리를 지르며 밖으로 나갔다. 곧바로 산호가 승희를 잡아 세우고는, 몸부림치며 뿌리치는 승희의 두 팔을 꽉 잡았다. 승희가 퉤 하고 침을 뱉은 뒤 산호의 팔을 억세게 깨물었다. 산호는 비명을 지르며 물러났다. 화가 나 두 뺨이 빨개진 승희가 바락바락 언성을 높였다.

"저게 뭔데? 외계인이야?! 병균이라도 있으면 어떡해! 안 그래도 이상하다 했어. 넌 내가 우습냐. 왜 하고많은 사람 중에 날 찾아와?"

"아빠······."

아리는 한 번도 겪어보지 않은 상황이라 뭐가 뭔지 몰랐다. 그냥 눈물이 났다. 승희의 눈빛이 야멸차고 무서웠다. 아리는 손가락을 입에 문 채 터지려는 울음보를 참았다.

"우리랑 똑같은 인간이야. 아직 애야. 아무 병균 없어. 오히려 병균에 취약해."

"근데 왜 거길 탈출했어? 왜 정부에서 문단속 잘하라고 문자를 보내와? 뭔가 이상하잖아. 생긴 것도 괴물 같······!"

끝말을 맺기 전 산호가 승희의 입을 틀어막았다. 승희도 산호의 성난 눈빛을 보고 더는 말하지 않았다. 뒤에서 숨죽이며 울고 있는 아리가 보였다. 아이 앞에서 부부 싸움을 하는 것 같아 부끄러워졌다. 두 사람은 잠시 예전처럼 격한 말다툼 뒤에 씨근덕거리며 서로를 노려봤다. 산호가 괜찮다며 아리에게 억지로 웃어 보였다. 승희는 전원이 꺼진 냉장고에서 미지근한 캔 식혜를 가져와 아리에게 건넸다. 캔이 뭔지 잘 모르는 아리가 구경만 하고 있자, 어휴 하고 한숨을 쉬며 승희가 캔을 따서 건넸다.

"마셔. 아빠가 이런 것도 안 사주고 널 어떻게 키웠다니!"

"우아, 맛있다."

아리는 울어서 더 빨개진 눈동자를 반짝이며 식혜를 경이롭게 바라봤다. 승희는 빨려 들어갈 듯 진한 루비색 눈동자가 무서워 움츠리며 물었다.

"너 눈에서 레이저 나오거나 그러는 거 아니지?"

승희의 물음을 이해하지 못한 아리가 고개를 갸웃거렸다. 산호는 내부 온도가 금방 40도 가까이 올라간 것을 확인한 다음 얼른 승희를 데리고 나왔다. 그러고는 자초지종을 설명했다. 아리는 결코 돌연변이가 아니며 1900년대에 살았던 한 종족으로 추정되고, 그 어떤 초능력도 없다고. 그러니까 인간이 호기심 때문에 되살려낸 멸종한 종족이라고.

"너희는 왜 그런 괴상한 짓을 한 거야? 멸종하는 데에는 이유가 있는 거잖아. 그래서 숨이 턱턱 막히는 불가마 같은 곳에서만 쟤가 살 수 있다는 거야? 그거 너무 애한테 가혹한 거 아니니? 구역질 난다, 진짜."

승희 말이 다 맞았다. 그러니 이제 와서 아리를 죽이라는 지시를 받았다는 말은 차마 할 수 없었다. 손바닥 뒤집듯 한 목숨을 살리고 죽이는 일이 제 일이라는 것도.

"연구소에 들어가면 어떻게 되는데? 이유가 있으니까 데리고 나왔을 거 아냐."

"죽겠지. 쓸모가 없다고 생각하니까."

"진짜 대단하다."

한동안 침묵이 흘렀다. 승희는 사람이 많이 빠져나간 동네지만 혹시 모르니 눈에 띄지 않도록 차를 옮겨놓으라고 했다. 고마워. 산호는 할 말이 그것뿐이었다. 아리가 보이는 복도에서 자겠다는 산호에게 승희는 별말 없이 이불을 건넸다. 황토방 문이 살짝 열린 틈으로 아리와 산호가 서로 머리를 가까이 둔 채 대화를 나누는 소리가 들렸다. 아빠, 여기 너무 좋다. 따뜻해. 꼭 고향에 온 거 같아. 고향? 너 그런 말도 배웠어? 그럼. 문어 선생님이 얼마나 똑똑한데. 김주원 선생님 별명이 문어야? 응, 대머리잖아. 피이…… 말이 심하다……. 아빠, 자? 그래, 자. 졸리네…….

산호는 안간힘을 쓰며 눈꺼풀을 들어 올렸다. 아리의 말대로 고향에 온 것처럼 온몸에 힘이 빠지고 나른했다. 이틀 동안의 초긴장, 장거리 운전으로 몸이 천근만근이었다. 꿈을 꾸고 싶지 않은데……. 산호는 꿈으로 사람을 조종한다는 아리 종족에 관한 소문이 사실일까 봐 내심 두렵기도 했다. 하지만 걱정과는 다르게, 아주 단잠을 잤다.

아침 댓바람부터 승희가 찜질방으로 내려와 둘을 깨우며 말했다. "한 시간 거리에 오래된 동물원이 있어."

"웬 동물원?" 산호가 잠을 떨쳐내며 물었다.

지나가는 말투로 두루미와 여우를 보고 싶다고 한 아리의 말을 승희가 기억한 모양이었다. 예전 같으면 근처 하천만 가도 두루미를 쉽게 볼 수 있었지만, 지금은 기온이 급강하 하는 바람에 죄다 남쪽으로 이동했거나 동사했을 텐데. 게다가 여우는 멸종되지 않았나. 이런 산호의 속마음을 읽은 듯 승희가 덧붙였다.

"붉은 여우라고 멸종 위기종 맞아. 그런데 복원 사업을 해서 뭐 있긴 있나 봐. 아리랑 비슷한 사연인 거지."

인터넷으로 확인하니 '화니 동물원'은 오전 10시부터 오후 3시까지 운영하며 여우를 비롯해 대부분의 동물이 실내에 있다고 했다. 산호는 곧장 동물원에 전화해 실내 온도가 어떻게 되느냐고 물었다. 평균 15도. 아리가 절대 버틸 수 없는 온도였다. 산호는 절대 안 된다며 딱 못을 박았다. 하지만 이미 동물원 얘기로 들뜬 아리가 모피 코트를 입고 승희에게서 받은 남성용 털 부츠까지 신은 채 졸라댔다. 그들이 금방이라도 쫓아올 것 같아 불안한 산호의 마음을 모른 채 저 둘은 동물원 갈 생각에 신이 나 있었다. 아리는 그렇다 쳐도 전날 밤에 겨우 하루 이틀 재워줄 것 같던 승희는 왜 갑자기 태도를 바꾼 걸까.

"애가 불쌍하잖아. 평생 실험쥐처럼 살았다며. 언제 연구소에서 나올지 모르니까 한시바삐 가봐야지."

"맞아. 아리 불쌍해."

"아리, 어른들 말에 끼어드는 거 아니야." 산호가 엄하게 아리를 나무랐다.

아리는 풀이 죽은 채 뜨거운 불가마를 들여다보기 시작했다. 한 번도 뭘 해달라고 한 적 없던 아이라서 포기가 쉬웠다. 연구원들은 상냥하긴 하나 사무적이었으므로 아리가 응석을 부릴 수 없었다. 응석이 뭔지도 몰랐을 것이다. 산호는 아리의 작은 뒤통수를 보며 마음이 쓰였다. 결국 승희에게 선글라스와 마스크를 챙겨달라고 말했다. 이대로 가면 너무 눈에 띄어서 금방 그들에게 발각될 수 있었다.

이동하는 데엔 승희의 낡은 승용차를 이용했다. 아리는 바깥을 내다보며 세상이 너무 넓어서 떨린다고 했다. 그럴 땐 아줌마 손을 꼭 잡아, 하며 승희가 아리의 손을 잡았다.

가는 길은 꿈결처럼 아름다웠다. 함박눈이 내리기 시작했고 금방 사방이 흰 눈으로 덮였다. 눈을 처음 본 아리는 자꾸만 까르르 웃음을 터뜨렸다. 꼭 실로폰을 두드리는 소리처럼 경쾌했다. 사육실에서 한 번도 들어본 적 없는 웃음소리였다. 덕분에 잔뜩 곤두서 있던 산호의 경계심이 누그러지고 차 안에도 훈풍이 돌았다. 승희도 같이 웃었다. 그녀의 눈꼬리에 살짝 맺힌 눈물을 산호는 모른 척했다. 산호도 같은 마음이었다. 딸이 살아 있었다면 비슷한 행복을 느꼈으리라.

붉은 여우만 보고 나오기로 한 만큼 매표소에서 곧장 여우 우리가 있는 곳을 찾았다. 추운 날씨 탓에 인적은 드물었다. 서로를 꼭 껴안은 연인과 가족으로 보이는 세 사람이 전부였다. 아리는 여우 우리로 가는 도중에 본 얼룩말과 하마, 공작새에 깜짝 놀라며 발길을 멈췄다. 책으로만 봤던 공작새의 화려한 꼬리 깃털이 바닥에 떨어지자 아리가 얼른 주웠다. 산호는 선글라스 아래로 보이는 아리의 새하얘진 피부를 확인한 뒤 얼른 동물원을 나가야겠다고 판단했다. 몇 번이나 아리에게 빨리 가자고 재촉했다. 하지만 아리는 울타리 속 동물들에게 매료된 것 같았다.

나무 기둥 사이에 숨은 붉은 여우는 모습을 드러내지 않았다. 오렌지색과 검은색이 섞인 꼬리만 바깥으로 모습을 드러냈다.

"3분만 더 기다린다. 더 이상은 안 돼." 산호는 시계를 확인하며 아리에게 말했다.

아리는 괜찮은 척 대답하려고 했지만, 얼어붙은 입이 잘 움직여주지 않았다.

"내가 괜히 오자고 했네. 어젯밤에 얘가 얼마나 두루미랑 여우 타령을 했는지 꿈에 동물원이 나왔어. 너무 생생해서 딱 눈 뜨자마자 동물원 데리고 가야겠다는 생각이 들었지 뭐야."

승희의 말에 산호는 심장이 덜컥 내려앉았다. 붉은 여우가 나오기만을 기다리며 입을 꾹 다문 아리의 옆모습을 올려다보면서, 산호는 혹시 제이의 말이 사실일까 하는 의혹이 들었다.

아……. 아리가 작게 탄성을 뱉더니 몸을 울타리 쪽에 가까이 기댔다. 붉은 여우가 유유히 걸어 나와 아리 쪽으로 오고 있었다. 아리가 산호를 보며 웃었다. 순간 아리의 표정이 일그러졌다. 그 모습이 슬로모션처럼 아주 느리게 지나갔다. 산호는 온몸이 쭈뼛 서는 서늘한 감각에 곧바로 뒤를 돌아봤다. 날카로운 단검이 산호의 뺨을 가볍게 스치고 지나가 한줄기 피를 뿜어냈다.

안 돼! 산호가 가까스로 옆을 스친 단검을 맨손으로 잡았다. 이어 단검을 바로잡고는 곧바로 괴한에게 돌진했다. 그런데 산호의 손에 닿기도 전에 괴한이 비명을 지르며 뒤로 나자빠지는 것이었다.

으아악! 주변에 있던 가족 관광객이 소리를 지르며 도망 갔다.

"여우가 탈출했어!"

창살로 만들어진 여우 울타리에 녹슨 자물쇠가 풀려 있었다. 괴한은 자신의 목덜미에 올라탄 붉은 여우의 기습에 맥을 못 추고 있었다. 괴한은 짧은 머리의 여자였다. 아까 팔짱을 끼고 붙어 있던 연인 중 하나였다. 산호는 여자에게서 여우를 떼어내야 할지 고민했다. 연인 중 남자 쪽에서 다시 공격해올지도 몰랐다.

"아리를 지켜. 여보, 얼른 차로 가."

산호의 말에 얼어 있던 승희가 비로소 정신을 차리고 아리를 감쌌다.

그때, 어디선가 나타난 남자가 성큼성큼 걸어왔다. 산호는 길을 막고 단검을 치켜들었다. 남자는 아리를 향했던 시선을 거두고, 붉은 여우에게 탕! 탕! 탕! 연달아 총을 쐈다. 사방으로 여우의 핏줄기와 살가죽이 튀었다. 붉은 여우는 그대로 고꾸라져 쓰러졌다. 남자는 쓰러져 있던 여자에게 다가가 분수처럼 치솟는 피를 막으며 소리를 질렀다.

"여기 사람 좀 살려주세요!"

동물원 관계자들이 총소리에 기겁해서 몸을 낮춘 채 동태를 파악했다. 저 울부짖는 남자를 공격할 것인가? 단검을 꽉 쥔 채 산호는 잠시 생각했다. 그 순간 승희에게 억지로 끌려가던 아리가 산호를 바라봤다. 하지 마. 돌아와, 아빠. 어떻게 아리의 목소리가 자신의 머릿속에서 메아리처럼 울려 퍼지는지 이해할 수 없었다. 그러나 산호는 아리의 애원대로 단검을 거두고 승희와 아리가 가는 통로 쪽으로 뛰었다.

차에 탄 아리의 의식은 가물가물했다. 자꾸만 동공이 풀리고 온몸에 힘이 빠졌다. 승희는 동물원에서 일어난 일로 아리가 쇼크를 받아 그런 거라고 생각했다. 아리의 뺨을 때리고 정신 차리라며 소리도 질러보았다. 산호는 승희를 밀쳐내고, 아리의 귀에 전자 체온계를 댔다. 36도였다. 인간과 똑같은 체온. 위험했다. 점퍼를 벗어 아리의 옷 위에 덮었다.

"뭐 해? 빨리 타."

운전석에 앉은 산호가 미적거리는 승희를 재촉했다. 승희는 생각을 굳힌 듯 그대로 밖에 서서 문을 세게 닫았다.

"차는 나중에 돌려줘."

"당신이 필요해."

"나는…… 여보, 미안해. 나는 겁이 많아서 안 되겠어. 여우가 사람 목덜미를 물어 죽였어. 그런 거 본 적 있어?"

멀리서 사이렌이 들리고 경찰차가 오는 것이 보였다.

"이번에는 꼭 살려."

승희의 마지막 말이 가시처럼 가슴에 박혔다.

3

정신이 돌아온 아리는 여전히 덜덜거리는 턱으로 산호에게 두루미를 보지 않아도 좋다고, 돌아가자고 말했다. 경찰이 진을 치며 도로 곳곳을 통제하고 있었다. 급하게 유턴을 한 산호와 아리는 그야말로 도망자처럼 밤 도로를 헤맸다. 기름도 얼마 남지 않았다. 길이 아닌 곳만 찾아다니다 보니 외딴 산길로 이어졌다. 가로등도 없었고 사람 키만큼 자란 잡풀이 가득했다.

기온이 조금 올라 바깥은 영하 34도. 빨리 다른 수를 찾아야 했다. 교회, 병원, 지하철, 뭐가 됐든 아리가 쉴 곳이 필요

했다. 길을 잃었어? 산호의 불안함을 읽었는지 아리가 같은 질문을 반복했다. 여기는 어디야? 아리는 괜찮아. 산호는 위치 추적을 당할까 싶어 휴대전화 대신 GPS 기능만 있는 시계를 활용했다. 반경 2킬로미터 고도 위에 작은 건물이 표시되어 깜박거렸다. 절이었다. 거기라면 구들장이 있는 바닥에서 아리가 쉴 수 있을지도 몰랐다. 허름한 전기장판이라도 괜찮았다.

"다 왔어. 졸리지?"

"아니, 나 말고 아빠가 졸려 보여."

"나는 졸리지 않아."

"아빠, 내가 재미있는 비밀 하나 알려줄까?"

"뭐?"

아리가 손가락으로 왼쪽 위를 가리켰다. 둥근 보름달이 낮게 떠 있었다.

"하늘 위에 저 달 있잖아."

"응."

"아까부터 우리만 따라와. 몰랐지? 내가 딱 쳐다보면 숨어 있다가 모른 척하면 다시 고개 들고 따라온다?"

"달이 아리를 좋아하나 보다."

산호의 말에 아리는 기분이 좋은지 입술을 실룩거렸다.

아리는 계속 따라붙는 보름달을 바라봤다. 산호가 어떻게 아리를 지킬 수 있을지 고민하는 동안 아리는 동물원을 생각했다. 연구원들이 주는 맛없는 쓴 약을 먹지 않겠다고 고집 부릴 때, 메건이 짜증을 내며 했던 말이 떠올랐기 때문이다.

'옛날에 태어났으면 동물원에서 썩고 있었을 게.'

아리는 동물원에 대해 알고 있었다. 아이들 교육과 종 보존을 위해 친근한 동물, 희귀한 동물을 데려와 전시를 한다고 배웠다. 문어 선생님이 그건 좋은 일이라고 했으니까, 아리도 그렇게 믿었다. 그런데 오늘 본 동물들의 슬픈 눈동자는 그게 좋은 일이 아니라고 말하고 있었다. 이유 없이 눈물이 나고 슬펐다. 산호와 승희는 서로 닮은 구석이 많지만 자신은 그들과 닮은 구석이 하나도 없다는 사실이 슬펐고, 어제오늘 본 사람들 누구도 자신처럼 빨간 눈을 갖고 있지 않다는 사실이 슬펐다. 붉은 여우가 어서 도망치라고 말했을 때, 숨지 말고 나와서 인사를 하자고 했던 자신의 어리석음이 싫었다.

"아빠, 나 달이 싫어. 왜 달도 혼자야? 그러면 너무 외롭잖아. 나는 별이 좋아. 친구가 많잖아."

산호는 갑작스럽게 울먹이는 아리를 바라봤다. 아리가 무척 피곤한 모양이었다. 그럴 만도 했다. 사육실에 있다가 나온 세상에서 너무 많은 일을 겪었다. 산호는 아리의 손을 잡은 채 달은 외롭지 않다고 말해줬다. 그런 걸 느끼는 생명체가 아니란 것도.

어느덧 GPS에 표시된 절에 도착했다. 건물은 오래전에 없어져 터만 남은 곳이었다. 아뿔싸. 시계를 업데이트하지 않은 산호의 잘못이었다. 초조해진 산호가 돌무더기에 발길질을 하며 욕설을 내뱉었다. 다시 승희에게 기야 하나. 그러기엔 기름이 모자랐다. 휴대전화를 켰다. 제이에게서 메시지가 도착해 있었다.

'불이 죽은 것을 알고 있어. 명령에 불복하면 너까지 위험해질 거야. 불을 죽인 건 아리라고.'

차에 있던 아리가 바깥으로 나왔다. 들어가 있어! 산호가 폭발하며 화를 냈다. 하지만 아리는 아랑곳하지 않았다. 아리는 썩은 그루터기에 앉았다. 두 사람의 발아래로 시커먼 산과 점점이 밝힌 불빛이 수놓여 있었다.

"아리, 들어가. 넌 여기서 살 수 없어!"

"아빠, 다시 동물원에 들어가고 싶지 않아. 그냥 여기 있을래."

"들어가."

"싫어."

그 순간, 머릿속에 다시 아리의 목소리가 울렸다. 아빠, 임무를 완수해.

산호는 옆에 앉은 아리의 얼굴을 똑바로 보며 물었다. "방금 뭘 한 거야?"

아리의 얼굴이 딱딱하게 굳어 있었고 하얀 입김마저 더는 나오지 않았다. 그렇지만 표정만큼은 평온해 보였다. 산호는 꿈에서 본 아리가 원하던 순간이 바로 지금이라는 것을 깨달았다. 아리가 택한 사람이 자신이라는 것도.

아리, 어째서 죽기를 원하는 거야. 네가 죽으면 나는?

아리는 고개를 저으며 말했다. "아빠는 별이잖아. 동물원에 가지 않을 거야."

아리 프로젝트는 폐기되었다. 연구원들은 아리의 대뇌를 잘라 '검은 샘물'이라 불리던 부위를 스캔했다. 꿈으로 사람을 조종하는 곳으로 추정되는 위치였다. 홀로그램 화면으로 스캔 영상이 떴다. 암흑의 심연 같은 어둠 속에서 별들이 반짝였다. 별들은 어떤 모양을 형상화하고 있었는데, 산호는 그만 풋 웃음을 흘리고 말았다. 사탕과 망고스틴, 코코넛, 캔 식혜. 아리가 사족을 못 쓰고 좋아하던 것들이었다.

최 팀장이 황당해하며 혀를 끌끌 찼다. "우리가 대체 20년

동안 뭘 한 건지 모르겠어. 저러니까 멸종했지."

테이블을 박차고 나서는 최 팀장을 따라 연구원들도 자리를 떴다. 산호만 진한 그리움으로 자리를 뜨지 못했다. 별들은 금방 모양을 바꾸더니 걸어가는 남자와 아리를 형상화했다.

전날 밤, 산호는 꿈속에서 아리를 만났다. 아리가 다시 오고 있었다.

토리 앤 뱀파이어

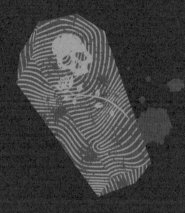

◆

내 귓가를 간질였던 그 노래 제목은 〈Something〉이었다.
들을 때마다 시간이 흐르지 않고
내 안에 고여 꽉 붙잡을 수 있을 것만 같았다.

비밀이 없는 사람은 멋지지 않다. 비밀을 들킨 사람은 멋지지 않은 걸 넘어서서 추하다. 들킬 거면 애초에 비밀 같은 건 만들어두지 않는 게 현명하다. 그리고 나는 오늘 망했다. 내 손목을 보는 담임의 동그란 안경 너머에 자리한 눈동자가 흔들렸다. 꽤 늦은 시간인데도 시험 기간이라 그런지 교무실에 선생님들이 남아 있었다. 담임은 내 팔목에서 벗긴 아디다스 스포츠 밴드를 만지작거렸다. 먼저 말을 떼기가 어려운 모양이었다.

"치료 중이니까 너무 걱정하지 마세요, 쌤."

"인스타 보니까 어제도 그랬던데."

내가 가볍게 말을 던졌으나 담임의 미간 주름은 오히려

더 깊어졌다. 뻐킹 인스타!

"학업 스트레스일 리는 없고, 집에 무슨 일 있니?"

"그냥 중2병이 늦게 와서 그래요. 괜찮아요, 쌤."

나는 다시 한번 담임에게 괜찮다는 확신을 주려고, 입꼬리를 최대로 끌어올렸다. 담임은 내 인스타 계정을 확인하려고 했지만, 아까 점심때 비활성으로 계정을 막아뒀다. 담임은 앞으로 한 달간 매일매일 내 손목을 검사하겠다는 아주 폭력적인 방식의 지도 편달 계획을 말했다. 아디다스 스포츠 밴드도 압수하려고 하길래 "다른 애들 시선은요?" 하고 되묻자 도로 건네주었다. 도저히 학원에 갈 기분이 아니었다. 학원에도 같은 학교 애들이 이미 소문을 퍼뜨렸을 거다. 김토리 손목에 자해하고, 자살하려는 날을 정해두고 카운트다운을 세며 인스타에 올리는 미친년이라고. 뭐라도 되는 것처럼, 자기들은 그런 행동은 절대 하지 않는 범생이처럼 재수 없게 쳐다보고 거리 두기를 할 것이다. 원래 거리는 있었지만.

학원 대신 코인노래방에 가서 노래를 불렀다. 담배를 많이 피워서 그런지 언젠가부터 고음이 잘 올라가지 않기 시작했다. 앵앵거리는 내 목소리가 듣기 싫어, 노래도 그만두고 멍하니 반주가 흐르는 내부에서 가사를 음미했다. 담임은 부모님께 비밀로 해주겠다고 했다. 그러니까 너를 소중히 여기고 다시는 그런 짓을 하지 말라고 했다. 그 점은 고마웠다. 우리 부모님은 배운 건 많지만, 너무 무식해서 잡히는 대로 물건을 때려 부순 다음에 경찰이 출동하고 나서야 그만둘 인간들이니까.

'뭐래. 또라이년이. 먼저 그딴 거 올려서 관종질한 게 잘못이지. 그게 왜 내 잘못임?'

윤수연한테 답장이 왔다. 윤수연이 어떻게 찾았는지 내 인스타 비밀 계정을 찾아서 단톡방에 뿌린 게 사건의 시작이었다. 내 비밀 계정 피드에는 총 36개의 자해 사진을 올려뒀다. 댓글도 거의 없고, 팔로워도 없다. 우연히 내 피드를 본 외국인이 그러지 말라고 댓글을 단 게 전부였다. 소문은 삽시간에 퍼졌고 애들은 그게 모두 나라는 걸 알았다.

왜냐하면, 오른쪽 내 손목에는 손등까지 자리한 아주 큰 점이 있었기 때문이다. 빼도 박도 못하는 상황에서 내가 할 수 있는 일이란, 윤수연에게 씨발 씨발이 담긴 장문의 욕설로 카톡을 보낸 게 다였다. 인생 조졌다. 나는 윤수연의 당당한 태도에 전의를 상실한 채 코인노래방을 나왔다. 코끝에서 여름비 냄새가 나기 시작했다. 정확히 말하면 흙이 젖어가는 냄새. 나는 항상 여름이 너무 싫었다. 잡초부터 시작해 모든 생명이 활활 타오르는 시기, 매미가 죽어가는 시기, 낮이 긴 것처럼 시간도 느리게 갈 거라고 모두를 속이는 계절이었다.

'토리야, 언니가 걱정돼서 니네 엄마한테 전했으니 돼질 각오하고.'

헉, 이 씨발! 윤수연 죽어버려! 윤수연의 엄마가 우리 엄마와 친하다는 사실을 간과하고 있었다. 우리 엄마에게 윤수연은 엄친딸이었다. 전교 10등 안에 놀면서 학생회장 같은 귀찮은 걸 하며 나댔고, 이상한 환경 동아리를 만들어서 동네에서도 플로깅을 한다고 나댔다. 그래도 나는 윤수연의 비밀을 지켜줬는데, 어떻게 이럴 수가 있지. 휴대전화 액정 화면에 뜬 카톡 메시지에 정신이 혼미해지기 시작했다. 비가 와 내 머리카락을 전부 적시고, 양말이 운동화 속에서 불쾌하게 찌걱거려도 나는 집에 들어갈 생각을 하지 못했다. 엄마에게 연락이 없는 게 더 불안했다. 아파트 입구에서 서성거리다가 끝내 몸을 돌려 빠져나오는데 누가 뒤에서 쫓아와 우산을 씌워주었다. 40대 중반쯤 돼 보이는 아줌마였다.

"어디 가요? 내가 마주 오는데 학생 표정이 너무 안 좋아서 지나칠 수가 있어야지."

아무와도 말하고 싶지 않았는데 또 말하고 싶었다. 이 아줌마는 내가 누군지 모를 테니까 오늘 겪은 일을 말해도 괜찮지 않을까.

"아니에요."

"뭐가 아니에요? 필요하면 우산 가져가요. 난 집 다 와서 뛰어가면 돼. 어휴, 예쁜 얼굴이 왜 죽상일까."

나는 아줌마의 친절에 휴머니즘을 느끼고 울 뻔했다. 선뜻 모르는 학생한테 우산을 주겠다니. 그래서 나는 얼굴에 나 착해요, 라고 쓰여 있는 아줌마를 구원의 빛으로 바라보았다.

"제가 오늘 안 좋은 일이 있었어요……."

"그래요? 어휴. 어떻게 해. 힘든 일 있으면 털어놓을 곳이 필요하죠. 이거 가면서 볼래요?"

아줌마가 전해준 것은 교회 전단지였다. 아줌마는 우산을 줄 것처럼 하더니 도로 가져가며 하느님의 사랑을 받으면 괜찮아진다고 했다. 뭐가 괜찮아져. 나는 오늘 죽을 거거든. 비밀을 제대로 간수하지 못한, 스스로에게 내리는 벌이었다.

우리 동네 지하철역은 드물게 스크린도어가 없다. 지난해에도 50대 아저씨가 출근 시간대에 떨어져 사망했다는 기사를 봤다. 좋은 자살 창구 중 하나였던 지하철역에 전부 스크린도어가 설치되어 있다 보니 우리 동네에 자주 예비 자살자들이 출몰한다. 나도 가끔 노란 안전선 너머 선로를 내려다본 적이 있다. 역무원이 득달같이 달려와 뒤로 물러나라고 했다. 전철이 지나다니는 흔한 선로였을 뿐, 무섭다거나 좋지 않은 기분이 든다거나 하는 건 없었다. 오히려 과민 반응하는 역무원의 태도 때문에 뛰어들고 싶어졌다.

역시 해가 긴 여름이라, 술을 마시고 퇴근하는 직장인들이 한 무더기로 쏟아졌다. 사람이 별로 없을 거라 생각했는데 23시경 지하철은 만원이었다. 나는 의자에 앉아 타이밍을 확인했다. 한 번에 끝낼 타이밍. 아쉬운 것들에 대해 생각해보았다. 역시 제일 아쉬운 건 사랑을 못 해본 거였다. 한 사람을 짝사랑만 하다 날려버린 기회들, 말로만 듣던 섹스는 어떨까, 정말 나한테 그건…… 어떤 느낌일까? 내 두 손을 물끄러미 내려다보았다. 굳은살 하나 박이지 않은 작고 귀엽고 통통한 내 손가락. 조금 아깝다는 생각이 들었다. 대학 가면 사랑도 섹스도 자유도 실컷 누릴 수 있었을 텐데. 하느님 저는 자살합니다. 저는 지옥 갈 거예요. 아까 손에 억지로 쥐여준 전단지에 그려진 하느님에게 말했다.

"야, 김토리."

"어, 엄마…… 엄마 왜, 여기 있어?"

엄마가 내 앞에 서 있었다. 등 뒤로 방금 지하철에서 우르르 내린 사람들이 우리를 무심히 지나치고 있었다. 사형 선고를 받은 자와 집행인을.

엄마는 배구 선수 출신이다. 학교에서 하도 체육 선생님이 구타를 해 고등학교 때 그만뒀다. 운동선수치고 특출나게 머리도 좋아 공부도 잘했다. 엄마가 배구를 그만뒀을 때, 외할머니는 체육 선생님에게 오히려 그만두게 해주어 고맙다고 한우를 보냈다고 했다. 아무튼 뭐든지 뛰어난 엄마는 구타에도 탁월했다. 아디다스 스포츠 밴드를 벗겨내고, 소문을 사실로 확인한 엄마의 눈빛이 시퍼렇게 빛났다. 하느님이 정녕 나를 이승의 지옥으로 보내려고 하나 보다. 집엔 아무도 없었다. 언니는 S대를 수석 입학한 이후 평생 자유권을 획득해 집에 잘 들어오지 않았다. 도와줄 사람이 없었다. 나는 집에 도착하자마자, 무릎을 꿇고 "잘못했어요, 엄마" 하고 두 손을 모아 싹싹 빌었다. 엄마가 솥뚜껑 같은 두 손바닥을 펴 깍지를 꼈다. 마치 몸풀기 운동을 하듯이 기지개를 켜고 손을 쫙 펴서 허공에 대고 풀었다.

한 개의 배구공. 엄마한테 맞을 때 나는 이리저리 튕겨 나가는 한 개의 배구공이라고 생각하면 더 쉽게 맞을 수 있다고, 언니가 말해줬다. 그러면 연달아 때리는 따귀에 수치심을 덜 느끼고 눈물도 덜 난다. 잘못했다고, 마음에 없는 소리도 적당히 할 수 있었다. 계속된 마찰에 의해 배구공의 공기가 푹 꺼져 너덜너덜해질 때쯤 엄마는 기진맥진해 그만두었다. 헉헉헉. 체력이 예전 같지 못해 아쉽다는 듯 가쁜 숨을 쉬었다. 나는 거의 기다시피하며 내 방으로 숨었다.

"한 번만 더 그런 짓히면 너 마산으로 보낼 기야."

마산은 할머니 댁이다. 시골 깡촌이었고, 공기 좋고 물 좋고 다 좋은데 할머니가 보통이 아니었다. 군대나 마찬가지였다. 지금도 별로 주어지지 않는 사생활이 그곳에는 아예 없었다.

"대답."

"네, 엄마……."

그래도 나는 엄마가 고마웠다. 적어도 휴대전화를 뺏지는 않았다. 방으로 돌아와 옷을 벗고 거울 앞에서 맞은 부위를 휴대전화 카메라로 찍었다. 입술 안쪽은 피가 터져 썩은 치아 사이사이에 빨갛게 세밀화를 그리기 시작했다. 윤수연 쌍년에게 사진을 전송했다. 침대 매트리스 사이에 숨겨둔 면도칼을 꺼냈다. 손목을 또 그으면 내일 담임한테 걸릴 게 뻔하고, 이제 내 손목은 공공재나 마찬가지였다. 나는 발등을 내려다봤다. 완벽하게 걸리지 않으려면 발바닥이 좋을 텐데 왠지 나중에 가려울 것 같았다. 발날? 그래, 발날이 좋겠다.

나는 인스타그램에 들어가 비활성 계정 처리했던 것을 풀었다. 아예 계정 폭파를 시키고 새로 만들 작정이었다. 빨간 점이 표시되며, DM이 와 있었다.

'도움이 필요해?'

아이디는 iam_blood. 프로필 사진은 붉은색으로 채워져 있었다. 해당 프로필을 눌러 인스타 계정을 확인했다. 피드는 하나뿐이었는데, 동영상이었다. 핫팬츠를 입은 여자애가 오토바이를 타고 달리는 영상이었다. 오토바이 좌석에 앉지 않고 끄트머리에 두 발로 디디고 서서 곡예하듯 탔다. 헬멧을 쓰고 있어서 얼굴이 전혀 보이지 않았다.

'나는 죽음과 가까워. 도와줄 수 있지.'

다시 iam_blood에게 메시지가 도착했다. 동영상만 봐도 가까워 보였다. 그리고 멋있었다.

'도와줘. 그럼.'

'어린 게 반말이네-.,-'

생각보다 연세가 많으신가 보다. 우리 엄마도 쓰지 않는 이모티콘을 쓰는 걸 보니. 나는 발날에 면도칼로 자해를 하는 대신 iam_blood와 약속을 잡았다. 해당 계정은 탈퇴 신청을 했다. 아침에 자고 일어나니 윤수연한테 카톡이 도착해 있었다. 피멍이 든 내 사진에 대한 반응은 고작 '어쩌라고'였다.

　담임이 내 손목을 확인했다. 어제와 달리 확인하는 손길이 거침이 없었다. 오래된 잔흔까지 유심히 살피고 빈팔 소매를 겨드랑이까지 올렸다.
　"아, 뭐 하시는 거예요!"
　아무리 같은 여자라도 이건 아니지 않냐, 하는 나의 항의에 담임이 심각하게 물어보았다.
　"얼굴은 왜 그래? 누구한테 맞았어?"
　내 얼굴은 못생긴 감자처럼 부어 있을 것이었다. 입안이 다 터졌고, 목덜미에는 시푸른 멍이 들었다. 그래도 얼굴에 멍 하나 안 든 것을 보면 엄마의 폭행 실력은 가히 놀랍다.
　"싸웠어요, 친구랑."
　내가 할 수 있는 것이란 거짓말뿐.
　"그 일 때문에?"
　"네. 그 일 때문에 애들이 괴롭혀요."
　"누가? 반 애들이야? 이름 적고 가."

220

담임은 착한데 가끔 너무 단순해서 문제를 키우는 능력이 있다. 안 그래도 애들이 이상하게 보는데 거기다가 대고 이름을 적고 가라니, 나를 철저한 왕따로 만들 작정인가. 나는 담임이 펼쳐놓은 하얀 A4 용지를 보며 고개를 저었다. 동네 친구라고 둘러댔다. 담임은 그 말을 못 믿겠다는 얼굴로, 그럼 언제라도 괴롭히는 사람 있으면 찾아오라고 선량한 얼굴로 말했다. 뭐, 학폭위라도 열 작정인가.

"왜 웃니?"

내 쓴웃음에 담임의 얼굴이 대번에 일그러졌다. 아마 자신의 친절과 관심을 무시당했다고 생각하는 모양이었다. 사실이긴 했다.

"죄송해요. 저 교실에 들어가봐도 될까요?"

"토리, 너 그러면 안 돼. 그런 식으로 세상 같잖게 보는 버릇 고쳐야 해."

"네. 죄송합니다. 중2병이라."

"어이구."

담임이 졌다는 듯 두 손을 들어 보였고, 나도 더 이상 대거리를 하고 싶지 않아 꾸벅 인사를 하고 나왔다. 교실은 평소와 똑같았다. 적당히 시끄럽고 애들은 재수 없고 내 자리는 윤수연 친구들이 자리를 잡고 자기들끼리 떠들고 있었다.

윤수연의 자리가 내 자리와 대각선으로 이웃한 탓에 친구들이 항상 그 주변을 상주했다. 수학 필기 대신, 낙서와 칼로 마구 연습장을 짓이긴 흔적이 낭자한 내 연습장을 아이들이 돌려보고 있었다.

"나와." 내 자리를 차지하고 앉아 있던 애한테 말했다.

다른 반이라 이름도 몰랐다. 그 애는 엉덩이가 무거운지 일어날 생각을 하지 않았다.

"야, 비켜줘. 미친년은 피하는 게 상책이야." 윤수연이 말했다.

얇은 눈꺼풀 아래 자리 잡은 검은 눈동자가 흥미롭게 나를 지켜봤다. 내 자리를 차지한 애가 순순히 물러났고 그들의 손에 돌아다니던 내 연습장도 내 책상에 올려뒀다. 초등학교 때 윤수연과 잠깐 친하게 지낸 적이 있었지만, 노는 무리가 점점 달라지면서 서로 아는 척을 하지 않게 되었다. 결정적으로 윤수연은 입이 너무 쌌다. 학교생활에 염증과 반항심을 느끼는 나의 비루한 일상을 지네 엄마한테 입을 나불거려 우리 엄마 귀에 들어간 게 한두 번이 아니었다.

"난 너 여자 좋아한다고 어디 가서 말하지 않는데, 너는 왜 다 말하고 다녀?"

5년간 지켜온 윤수연과 나의 암묵적인 비밀을 말했다. 윤

222

수연의 친구들이 모두 나와 윤수연을 번갈아 쳐다보았다.

"뭐?"

"너 중학교 때 3학년 언니들이랑 키스했잖아. 한둘도 아니고 여럿이었잖아."

윤수연이 내 머리채를 잡았다. 목에 붙여둔 반창고를 거칠게 떼어냈다. 내 목덜미가 궁금했던 모양이었다. 이게 무슨 헛소리를 퍼뜨려? 윤수연의 욕설과 함께 일방적으로 나는 쥐어 터졌다. 나보다 15센티미터는 더 큰 윤수연은 공부만 잘하는 게 아니라, 싸움도 잘하는 애였다. 나 역시 윤수연의 머리채를 잡고 손톱을 세워 팔을 할퀴고 주먹질을 하려고 노력했지만, 그녀의 공격력이 월등히 높았다. 누가 담임에게 우리가 싸운다는 소식을 알려줬는지 교실로 쫓아와 우리를 뜯어말렸다. 내가 이상한 소문을 퍼뜨린다고 소리치는 윤수연의 두 눈에서 눈물이 뚝뚝 떨어졌다. 먼저 운 사람이 진 거니까, 내가 이겼다. 통쾌하기는커녕 마음이 씁쓸했다. 그래서 뭐 어쩌라고.

윤수연과 함께 남으라는 담임의 말을 무시하고 종이 치자마자, 학교를 빠져나왔다. 아이엠블러드 씨와는 밤 9시에 만날 예정이었으니 학원을 가도 됐지만 그러고 싶지 않았다. 운이 좋을 경우 내일이 없을 수도 있었다. 블러드 씨가

10대 여학생을 꼬여내는 사기꾼이 아니고 진짜 나를 도와주려는 선량한 시민이라면, 내일은 없겠지.

나는 블러드 씨가 찍어준 낯선 동네를 한 바퀴 돌았다. 꽤 가파른 오르막길을 올라가자, 산을 깎아 만든 연립 빌라와 옹기종기 모인 상가들이 눈에 들어왔다. 전신에 땀이 주르륵 흘렀다. 어떻게 된 게 동네에 흔한 커피숍 하나가 없는지, 마을버스 정류장 벤치에 앉아 다리쉼을 했다. 어제 블러드 씨가 남긴 주소를 확인하니 분명 주택이었다. 거리뷰를 살펴보자, 2층짜리 구옥의 전면 유리창은 죄다 깨져 있었다. 분명 아무도 살지 않는 집이었다. 께름칙하고 불길했다.

'무서우면 친구랑 같이 와도 돼.'

올 거냐는 물음에 한참 대답이 없자, 블러드 씨가 DM 창에 메시지를 남겨놓았다. 아직 해가 저물려면 한 시간이나 남았다. 나는 어제 구글 지도로 확인한 실제로 흉물스럽게 남은 구옥 앞에 서서 망설였다. 연로한 노파가 보행기에 의지해 천천히 골목을 향해 들어서고 있었다. 폐가가 자리한 골목 안은 전부 비슷비슷하게 생긴 2층 혹은 3층의 구옥들이 자리 잡고 있었다. 철제문을 살짝 잡아당기자 문은 쉽게 열렸다. 나는 오른손에 휴대전화를 들고 112를 눌렀다. 이상한 놈이 튀어나오면 통화 버튼만 눌러 곧장 신고할 수 있도록 했다. 조그만 마당에는 발코니에서 깨진 유리 조각들이 섬세하게 만든 흉기처럼 빛을 발했다. 여기서 날라리들끼리 술 먹고 약하고 그러는 건가…… 마당 한쪽에 인스타 동영상으로 봤던 빨간색 두카티 오토바이가 뉘어져 있었다.

나는 잠깐 문 앞에서 고민했다. 저기요, 똑똑 노크를 하고 들어가야 할지, 미친놈인지 확인하기 위해 잠입을 해야 할지 확신이 서지 않았다. 나는 두 번째 방법을 선택했다. 예상대로 안쪽 현관문도 열려 있었다. 도무지 보안 따위에는 신경 쓰지 않는 인물이었다.

끼끼끽. 현관문이 아무도 열지 않아 녹슬어 있었던 듯 심한 비명을 내질렀다. 덕분에 자동으로 어깨가 움츠러들어 도망칠까 망설였다. 하지만 현관문 틈에서 쓸려 내려온 하얀 먼지를 제외하고 반기는 이는 없었다. 외양과 달리 내부는 버려진 물건 하나 없이 깨끗하게 정리된 상태였다. 둘러보고 자시고 할 것도 없는 완벽한 무의 상태였다. 그래서 조금 안심했다. 거실 중앙으로 이어진 2층 나무 계단에도 발자국이 없었다. 가라앉은 뽀얀 먼지만이 길고양이조차 쉬러 오지 않는 곳임을 알려주었다. 자연스럽게 동선은 2층을 향했다. 2층은 생각보다 층고가 낮았다. 180센티미터 이상의 남자라면 고개를 살짝 숙여야 할 정도였다. 넓은 거실, 문짝이 다 어디로 떨어졌는지 문은 없었고 뻥 뚫린 공간에 방들이 한눈에 보였다. 2층은 마당에 심어진 소나무가 해를 차단했다. 아직 해가 지지 않았는데도, 어두컴컴해서 휴대전화 플래시를 켰다. 112를 켜뒀던 액정 화면은 끈 지 오래였다. 사방을 플래시로 비춰보자, 구석에 뉘어진 업소용 대형 냉장고가 보였다. 다소 쌩뚱맞게 자리한 냉장고의 코드선은 뽑혀 있었다. 가까이 다가갈수록 투명한 유리문 내부에 뭔가가 들어 있다는 생각이 들었다. 나는 걸음을 멈추고, 다시 112 버튼을 눌렀다. 심장이 금방 튀어나올 것처럼 두근거렸다. 뭐지, 뭐…… 시체라도 나오면 어떡하지. 바로 계단으로 뛰어갈 수 있었다. 하지만, 나는 그러지 않았다. 궁금했다. 별것도 아닌 거에 쪼는 게 자존심이 용납하지 않기도 했다. 냉장고에 다가가 투명 문 아래에 있는 것을 확인한 순간, 내 휴대전화에서 전화벨이 요란하게 울렸다.

"악!"

동시에 냉장고 안에 있던 사람이 번쩍 눈을 떴다. 나는 한 손에 있던 휴대전화를 내동댕이치며 뒤로 넘어졌고, 투명한 냉장고 유리문이 열리며 사람이 일어나 앉았다. 지나치게 창백한 얼굴 때문에 죽은 사람인 줄 알았다. 휴대전화 액정 화면에 '윤수연'이 떴다.

"너 뭐야?"

그건 내가 묻고 싶은 말인데.

목청이 좋은 걸걸한 중저음이었다. 눈꼬리가 고양이 눈처럼 올라가 있었고, 촘촘한 속눈썹과 살짝 올라간 코끝, 발달한 턱 끝이 중성적인 느낌이 강했다. 대답할 말을 찾고 있는 사이에도 윤수연은 끈질기게 전화를 끊지 않았다. 내가 멍하게 눈앞의 사람을 관찰하는 동안, "아이 씨발 시끄러워" 하며 냉장고에서 나온 그가 내 휴대전화를 가차 없이 밖으로 던졌다. 스크래치 하나도 용납하지 않으며 매일매일 알코올스왑으로 닦는 내 휴대전화를?!

"저기요! 그거 제 폰이거든요."

"너 누군데?"

"저 오늘 여기서 블러드 씨랑 만나기로 한 사람인데요."

"공공칠공공 티엘큐케이에프?"

'00700Tlqkf' 내 인스타 아이디였다. 예상대로 눈앞에서 이제 막 냉장고에서 깨어난 사람은 블러드 씨였다. 그는 한쪽 벽에 붙은 골동품으로 보이는 뻐꾸기시계를 확인했다.

"나는 루틴에 굉장히 예민하거든. 아직 약속 시간이 30분이나 남았네. 원래 수면 시간보다 30분 일찍 깬 내 루틴을 어떻게 보상할래?"

이럴 때 어떻게 대응해야 하는지는 어디에서도 알려주지 않았다. 창문 밖으로 하늬바람이 실려 들어왔고 나뭇잎 틈 새에 살짝 비춘 석양이 블러드 씨의 얼굴에 빛을 드리웠다. 그 순간, 블러드 씨의 눈동자가 우주를 담은 듯 신비한 보라 색으로 발광했다. 내가 으악! 두 번째 비명을 지르며 반대편 벽 끝으로 달라붙었다. 분명 컬러렌즈로는 구현할 수 없는, 진짜 눈이었다. 그의 인스타 아이디가 생각나면서 업소용 냉장고에서 자는 게 조금 우스꽝스럽긴 했지만, 확신이 들 었다.

"뱀파이어야?"

"맹하게 생겨서 눈치는 빠르네?"

헉. 으아아악! 공포심에 압도당한 내가 입에서 나오는 대 로 비명을 질러대자, 순식간에 내 앞에 온 블러드 씨가 내 목 을 꽉 움켜쥐었다. 목덜미에 닿은 그의 손에 서린 한기에 한 여름인데도 부르르 몸이 떨렸다. 딱 들어맞았다. 당신 진짜 뱀파이어구나. 나는 눈을 질끈 감았다. 어차피 죽을 거 신박 한 방법으로 죽는 것도 괜찮지…… 불꽃, 아니 불씨…… 그 것도 아냐. 불티처럼 살다 간 김토리.

"시끄러워서 살 수가 없잖아. 도움을 받고 싶으면 조용히 하라고."

블러드 씨는 생각보다 신사적이었다. 마구 달려들어 내 목에 이를 박을 줄 알았는데 그런 건 아니었다. 말할 때 보니 매체에서 보던 전형적인 특징인 뾰족니가 보이지 않았다. 오히려 래미네이트를 한 것처럼 치아가 가지런하고 하얬다. 그래서 뱀파이어가 아닐 수도 있다, 지독한 세계관을 가진 인간일 수도 있다는 가설을 배제하지 않았다. 내가 그를 관찰하느라 차분해지자, 그가 목덜미에 손을 떼고는 한 걸음 물러나며 말했다.

"이렇게 보상하면 되겠다. 나 오토바이 타는 거 구경해."

블러드 씨의 카리스마에 압도당한 나는 고개를 끄덕끄덕했다. 그렇게 해서 블러드 씨는 비에 젖은 두카티 오토바이를 일으켜 세우고 집 밖으로 나섰다. 나는 아까 그가 던진 내 휴대전화를 찾아 마당을 두리번거렸다. 아껴서 쓴 건데…… 액정이 깨져서 화면이 켜지지 않았다. 보상받을 사람은 나였지만, 나는 순순히 블러드 씨가 타라는 대로, 오토바이 뒷좌석에 앉았고 떨어지기 싫으면 허리를 붙잡으란 말에 시키는 대로 했다. 인질이 따로 없었다.

블러드 씨의 허리는 나보다 훨씬 얇았고 골반까지 이어지는 곡선 라인에 놀랐다. 일단 알쏭달쏭했던 성별은 여자였다. 블러드 씨는 바닥에 고인 빗물을 튀기며 오토바이를 전

속력으로 질주하기 시작했다. 골목마다 예상치 못한 사람이나 자동차, 심지어 배달 오토바이까지 장애물을 넘듯 잘도 피해갔다. 놀란 상대 쪽에서 경적이나 씨발로 시작되는 욕을 날렸다. 블러드 씨의 귀에는 그게 마치 게임에서 얻는 보너스처럼 경쾌하게 들리는 모양이었다. 그때마다 속도가 올랐고 위험 수위가 한계에 치달았으니까. 맞은편에서 오는 차량의 사이드미러가 내 옷자락을 스치고 지나갔을 때부터 블러드 씨의 허리에 꽉 달라붙어 눈과 귀를 닫고 패닉 상태에 이르고 있었다. 이렇게 죽으면 개죽음이었다. 차라리 뱀파이어에게 피 빨리는 게 낫지. 이건 아니잖아. 얼마나 달린 건지 "내려" 하는 소리가 들렸다. 나는 눈물을 흘리면서 눈을 떴다.

제일 먼저 눈에 들어온 것은 누가 가까이 끌어온 것처럼 커다란 보름달이었다. 보름달 아래에 잡풀 하나 없는 넓은 공터가 펼쳐져 있었다.

나는 자꾸 흐르는 눈물을 닦고 블러드 씨를 보며 말했다.
"살려주세요."

내 꼴이 우스운 듯 블러드 씨가 실룩 웃음을 참고 있는 게 보였다. 악마가 아닐까.

"약속은 약속이니까. 봐봐. 최근에 개발한 거야."

아, 오토바이 타는 거 보여준다는 게 이제 시작이었던 거구나. 블러드 씨가 오토바이의 핸들을 살짝 돌리자, 엔진 소리가 그르렁거리는 사자처럼 울었다. 쏜살같이 앞으로 달려 나갔다. 얼마 가지 않아, 블러드 씨는 동영상에서 보던 것처럼 오토바이를 일자로 세우고 뒷좌석에 발을 지탱한 채 내달렸다. 뒤에서 스파크가 팍팍 튀었다. 빵빵 경적 소리가 울렸고, 곧바로 오토바이는 허공에서 튀어 올라 운전자인 블러드 씨와 한 몸이 되어 유연하게 한 바퀴를 돌아 완벽하게 착지했다. 우아. 나도 모르게 감탄이 일어 열광적으로 박수를 쳤다. 다시 내 앞으로 돌아온 블러드 씨가 의기양양한 얼굴로 나를 쳐다보았다.

"멋있네요."

"알아. 근데 걱정이야. 너무 잘하면 사람들이 의심한다고."

"뭘요?"

"내가 뱀파이어라는 거. 너만 특별히 보여준 거야. 운이 좋았지."

약간은 거만하게 보였지만, 나만 특별히 보여준 거라는 블러드 씨의 말이 듣기 좋았다.

"이름이 뭐예요?"

"이름?"

내 물음에 다시 블러드 씨의 보랏빛 눈동자가 신비롭게 움직였다. 꼭 보석처럼 예쁜 눈이었다. 하루 종일 봐도 질리지 않을 것만 같은 눈이었다. 블러드 씨는 그게 중요하냐고 되물었다. 서로 원하는 게 있으니 주고받으면 끝인 거 아니냐고. 블러드 씨의 말이 맞았다. 맨날 보기 싫은 학교 애들만 만나다 보니 나는 블러드 씨에게 새로운 기대를 했던 것 같다. 이를테면 초월적인 존재에 의한 탈출 같은 것? 그러나 보상을 받은 블러드 씨는 내 기대를 배반하고 인간미라고는 찾아볼 수 없는 눈으로 냉혹하게 나를 바라보았다. 나는 똑바로 서 있기 힘들 정도로 다리를 후들후들 떨기 시작했다.

"추워서 그런 거야? 죽기 싫어서 그런 거야?"

"님이 무서워서요."

내 말에 푸하하하, 블러드 씨가 경쾌하게 웃었고, 분위기가 풀리기는커녕 더 스산함만 남겼다.

블러드 씨가 흘러내린 앞머리를 쓸어올리며 말했다. "내 철칙은 딱 하나야. 공여자가 싫다고 하면 언제라도 그만둔다. 그러니까 무서워할 거 없어. 자, 그럼 누워."

"여기, 여기서요?"

"어차피 죽을 건데 무슨 상관이야."

그의 말이 맞았다. 어차피 죽을 건데 무슨 상관일까. 아스

팔트 바닥이지만, 종일 내린 비로 바닥은 축축하게 젖어 있었다. 대기에 습기가 가득했다. 블러드 씨가 가로등을 일부러 다 깨버린 건지 근처 가로등은 전부 등이 나갔고, 거짓말같이 밝은 달빛을 받은 뱀파이어는 이 쇼의 주인공처럼 한껏 스포트라이트를 받고 있었다. 나는 그 혹은 그녀가 시키는 대로 바닥에 누웠다. 축축한 물기가 내 교복 셔츠 깃을 곧바로 적셔왔고 은근한 그 느낌이 생각보다 싫지 않았다. 오히려 낭만적인 분위기에 가까웠다. 살면서 젖은 땅바닥에 누울 일은 없었다.

"무슨 노래 좋아해?"

블러드 씨가 질문하며 휴대전화를 켰다. 멋대로 음악을 틀 거면, 왜 물어본 건지 의아했지만 가만히 들었다. 제목은 몰랐지만, 목소리는 알았다. 오래된 비틀스의 노래였다.

"그럼 혹시 블러드 씨도 소설 작품에 나오는 것처럼, 막 2000~3000년 전에도 사시고 그랬나요?"

"아니, 나 겨우 200살 먹었어. 이게 그렇게 오래된 노래처럼 들려?"

"네."

블러드 씨가 내 머리맡에 주저앉았다. 내 뺨에 달라붙은 머리칼을 귀 뒤로 넘겼다. 뜻밖에도 거기에 예상치 못한 다정함이 묻어났다. 가슴에 끌어모은 내 두 팔 중 가까운 오른쪽 팔을 가져가 마음대로 손목을 살폈다. 쓰윽. 블러드 씨가 혀를 내밀어 손목의 상처를 쓸었다. 드라이아이스를 가져다 댄 것처럼 무척 찼는데 이상하게 뭔가 뜨거운 감정이 목울대를 치고 올라왔다. 윽. 나는 울음도 신음도 아닌 소리를 냈다.

"뱀파이어에게 물릴 때만 잠깐 아파. 그다음엔 좋을 거야. 네 신경을 빠르게 마비시키고 너는 황홀한 꿈을 오래 꾸다가 갈 거야. 어때, 최고지?"

살면서 황홀한 경험을 한 번도 해본 적이 없다. 황홀한? 그 형용사 자체가 너무 구닥다리이면서 이상적이었다. 그게 뭘까.

"오르가슴 같은 건가요?"

내 질문에 블러드 씨가 활짝 웃었다.

"미안. 난 뱀파이어라서 오르가슴은 잘 모르겠네."

"당신이나 나나 불쌍하네요."

다시 블러드 씨가 웃었다. 그러고는 상처 난 내 오른쪽 손목을 깨물었다. 악. 번뜩 정신이 들었지만 뺄 수조차 없이 블러드 씨의 이에 꽉 물려 있었다. 그녀의 보라색 눈동자가 나를 지그시 쳐다보았다. 나는 계속해서 반복되는 비틀스의 노래를 들으며, 블러드 씨의 말대로 천천히 황홀경이 뭔지 알아가고 있었다. 전신에 힘이 쭉 빠지면서 나른한 잠에 빠지는 것 같았다. 기분 좋은 이완, 그러나 의식은 점점 또렷해지고 눈앞에 보름달이 내게로 뻗어오는 것 같았다. 몸속 어딘가 숨어 있던 황홀경이라는 단어가 혈관을 타고 흘러 뇌 속에서 하나둘씩 느리게 퍼졌다. 따뜻하고 충만했다. 잘 죽고 있구나, 라는 생각을 했다. 그때 내 입이 터졌다.

"처음에는 종이에다 박박 커터 칼로 그었어요. 무슨 일이 있었지. 하여튼 담임한테 한 소리 듣고 나서 너무 짜증 나는 거예요. 교실로 돌아와서 연습장 위로 칼질을 막 해댔어요. 그런데 옆에 있던 애가 와서 '하지 마, 왜 그래? 무서워……' 해서 딱 얼굴을 보는데, 하나도 안 무서워하는 얼굴로 왜 화가 났느냐고 묻더라고요. 원래 걔가 좀 웃상이거든요. 잘 웃어요. 실실대면서. 그래서 잘 놀았는데, 언젠가부터 나랑 안 놀더라고요. 몰라, 씨발. 뭐가 맘에 안 들었는지…… 나는 그대론데…… 지가 변했지. 나는 정말 그대로거든요. 손목에…… 자해를 해도 관심도 안 주더라고요, 걔가. 그래서 죽고 싶었어요……."

눈을 떴다. 손가락을 꼼지락거려봤다. 내 의지대로 잘 움직였다. 등과 머리카락을 적셔오던 축축한 물기는 온데간 데없이 사라졌다. 오히려 소름이 돋을 정도로 시원하게 에어컨이 돌아가고 있었다. 나는 입을 벌려 말을 하려고 했는데 잘되지 않았다. 마침, 의사와 함께 들어오는 엄마와 아빠를 보며 여기가 병원이라는 것을, 그리고 어찌 된 일인지 블러드 씨가 나를 죽이지 않았다는 것을 깨달았다. 내가 눈을 뜬 걸 본 엄마가 다급하게 다가와 괜찮으냐고 물었다. 대답하고 싶지 않아서 나는 다시 눈을 감았다. 황홀경에 가닿기 위해, 영원히 깨지 않는 꿈을 꾸려는 사람처럼 노력했다. 약기운 때문인지 쉽게 잠들었고 다시 깨어났을 때는 창문 밖 세상이 환했다. 매미가 다시 죽음의 노래를 부르고 있었고, 윤수연이 멀뚱하게 서서 나를 바라보고 있었다. 학교 가기 전에 들렀는지 교복 차림이었다. 짧은 단발머리를 반묶음한 채 입술은 틴트를 발라 빨갰다. 시선 끝이 내 오른쪽 손목에 걸려 있었다.

"나 뱀파이어한테 물렸어."

"이상한 소리 좀 하지 마. 그러니까 네가 왕따인 거야."

"진짜야……."

윤수연이 깊게 한숨을 쉬었다. 그리고 내 손목을 조심스럽게 만졌다. 눈으로 아프냐고 물어봐서 나는 괜찮다는 뜻으로 고개를 저었다.

"보러 갈래? 뱀파이어."

"응. 너 나으면."

모처럼 다정한 윤수연이, 내가 알던 중학생 때 윤수연으로 돌아온 것 같아 고마워서 나는 응석을 부렸다.

"뽀뽀도 해줄 거야?"

"해주겠냐?"

흠. 고등학생 윤수연이다. 학교에 늦겠다고 하며 등을 돌려 나갔다. 다시 돌아와 나 간다, 하고 인사를 해줄 것 같아 오래도록 문 쪽을 쳐다보았다. 그런데 모습을 나타낸 건 윤수연이 아니라, 엄마였다. 내가 낯선 동네 버스정류장 벤치에서 쓰러져 있었으며, 지나가던 행인이 발견해 구급대가 출동했다고 했다. 맥박이 뛰지 않아 위험한 상황이었고 급하게 다량의 응급 수혈을 받았다고, 도대체 무슨 일이 있었느냐고 물었다. 윤수연과 달리 엄마에게 사실을 말할 수 없어 나는 기억이 통째로 사라진 척했다.

일주일 뒤에 퇴원한 뒤, 내 피를 빨아들이던 블러드 씨가 튼 비틀스의 노래를 찾았다. 내 귓가를 간질였던 그 노래 제목은 〈Something〉이었다. 들을 때마다 시간이 흐르지 않고 내 안에 고여 꽉 붙잡을 수 있을 것만 같았다. 하지만 듣다가 보면, 어김없이 밤과 낮이, 또다시 밤이 찾아왔다.

　학교에서 나를 대하는 공기가 또 미묘하게 달라져 있었다. 따로 호출할 줄 알았던 담임부터 나를 멀리서 지켜보기만 했다. 가끔 눈이 마주치면 담임은 시선을 피하고 정면을 바라봤다. 수업 도중 책상 사이를 걸어 다니며 내 어깨 위에 실며시 손을 대고 툭툭 두 번 두드려주기도 했다. 다른 아이들도 마찬가지였다. 마치 내가 죽을병에 걸려 시한부 선고를 받은 것처럼 조심스럽게 대했다. 나로서는 투명 인간으로 존재했던 그 전이 훨씬 편했다. 나는 무리에서 눈에 띄지 않고 조용히 지내고 싶었지만, 그럴 수 없었다.

　전에 윤수연과 싸우는 도중 내가 한 말이 꼬리를 물고 퍼져 은밀하게 분위기를 휩쓸고 있었다. 공부 잘하고 리더십도 있고 웃긴 윤수연의 주변에 시녀처럼 붙어 있던 친구들이 하나둘 떨어져 나갔고 윤수연은 어느 순간 외톨이가 되었다. 일방적으로 무시하던 하위 그룹의 아이들과 좀 어울려 다니다가 그마저도 뭔가 맞지 않는지 혼자 다녔다. 윤수연과 김토리가 그날 싸운 이유는 사랑싸움이었다고, 둘이 사귀었다는 소문이 내 귀에 심심찮게 들렸다. 분명 윤수연의 귀에도 들어갔을 게 뻔했다. 나를 옆집 똥개 보듯 하던 윤수연의 태도가 달라졌다. 내게 같이 매점을 가자거나, 갑자기 내 자리로 와서 멋대로 내 손목을 들어 상처를 확인했다. 그때마다 반 아이들의 눈이 전부 우리를 향했다. 그러면서 내가 하지 말라고, 왜 그러냐는 개인적인 카톡에는 답장하지 않았다. 그러니까 전부 우리에게 꽂히는 소문을 향한 보여주기식 행동이었다. 윤수연의 그런 돌발적인 행동에는 위태로움이 있었다. 내가 할 수 있는 일은 좀 꺼지라고 살짝 밀치는 정도였는데 그게 더 사랑싸움으로 보였을 테다.

아니나 다를까. 점심시간이 끝나고 오후 수업이 시작될 무렵 담임쌤이 나를 불렀다. 윤수연이 오전부터 아프다고 조퇴를 한 터라, 나는 불안한 낌새를 느끼고 있었다.

"토리야, 내가 부모님을 부르지 않게 우리 잘 헤쳐나가는 게 어떨까?"

담임은 친절하게 말했지만, 속뜻은 협박이었다. 내가 뭘 잘못했지? 나는 황당한 표정으로 담임을 바라보았다.

"누굴 좋아한다고 해서 그 사람의 마음을 다치게 할 자격은 없는 거야. 선생님은 더 얘기 안 해. 이렇게 말하면 토리가 알아들을 수 있을 거라 생각해."

윤수연한테 한 방 크게 맞았다. 이만 교실로 돌아가보라는 담임쌤의 말에 뭐라고 한마디도 하지 못하고 교무실을 뛰쳐나왔다. 문제를 일으키는 건, 일방적으로 비공개 인스타를 단톡방에 퍼뜨린 윤수연이었는데!

중학교 때 이후로 발길을 끊었던 윤수연의 집으로 찾아갔다. '야, 너 담임한테 무슨 소리했어?', '인간 말종이야, 너는' 하고 되는대로 카톡을 보냈지만 확인조차 하지 않았다. 윤수연의 부모님은 우리 집처럼 두 분 다 맞벌이였다. 벨을 연달아 눌렀다. 누가 이기나 해보자. 나올 때까지 눌러댈 거니까. 문이 열렸다. 내 예상과는 전혀 다르게 윤수연의 엄마가 나왔다. 입이 싸고 편 나누기를 좋아해 맞벌이인데도, 우리 아파트 부녀회에서 치맛바람이 장난 아닌 사람이었다. 이미 얼굴을 구긴 채 나온 윤수연의 엄마는 나를 위아래로 흘긋거리더니 한마디 했다.

"김토리, 너 학교 쨌니? 엄마가 아서?"

단번에 기가 죽었다. 윤수연의 엄마는 휴대전화를 꺼내 어디론가 전화를 거는 것 같았다. 보나 마나 우리 엄마일 것이다. 고로, 나는 오늘 또 죽을 예정이었다. 그녀는 내가 도망칠까 봐 걱정이 됐는지 휴대전화를 쥐지 않은 다른 손으로 내 손목을 붙들었다. 수화기 너머로 "어, 수연 엄마, 나 회의 중인데……" 하는 엄마의 목소리를 듣자마자, 나는 수갑처럼 나를 옥죈 그녀의 손길을 뿌리치고 비상계단으로 튀었다. 등 뒤에서 "야! 너 어쩔려고 그래?" 하는 걱정보다는 꾸중이 담긴 그녀의 목소리가 달라붙었다. 죽을까. 아, 그냥 죽어버릴까. 다시금 충동이 일었다. 그리고 블러드 씨가 생각났다. 왜 나를 살려둔 거야. 블러드 씨에게 따져 물어야겠다는 생각이 들었고 나는 씩씩대며 버스를 탔다. 지금쯤이면 한창 자고 있겠지, 깨워서 괴롭혀야겠다. 내내 잠수 타던 윤수연한테 전화가 왔다. 아프다는 애가 목소리가 아주 쌩쌩했다.

"집에는 왜 옴? 미쳤어?"

"나 발견되었을 때 온몸에 피가 하나도 없었던 거 기억하지?"

"그런데?"

"뱀파이어한테 부탁하려고. 이번에는 진짜 죽여달라고."

"너…… 나 협박해?"

"협박은 너희 엄마가 하더라."

전화를 끊고 나는 전에 블러드 씨가 남겼던 주소를 다시 확인했다. 내내 맑았던 하늘이 금세 어두워지더니 추적추적 비가 내리기 시작했다. 그날처럼.

마당 한쪽에 쓰러져 있어야 할 두카티 오토바이가 보이

지 않았다. 폐가는 여전했다. 발을 디딜 때마다 으드득 유리 깨지는 소리가 났다. 오토바이가 없다고 해서 주인도 없으리란 법은 없지. 나는 희망의 끈을 놓지 않았다. 텅 빈 1층을 일별하고 곧장 2층으로 갔다. 업소용 냉장고가 내 바람처럼 그대로 있었다. 혹시나 그날 꿈을 꾼 게 아닐까 했던 내 안의 작은 의심은 한순간에 물러났다. 그날 있었던 일은 모두 현실이었다. 뻥 뚫린 발코니 창밖으로 연신 뭔가가 번쩍거렸다. 번개가 치려는 모양이었다. 그때보다 훨씬 이른 시간인데도 내부는 더 어둡고 뭐가 제대로 보이지 않았다. 쏴아아 거센 빗줄기가 집 안으로 들이닥쳐서 시끄러웠다. 나는 블러드 씨를 깨우기 위해 업소용 냉장고를 향해 걸어갔다. 투명한 유리문에 비친 내부는 텅 비어 있었다. 블러드 씨는 없었다. 아직 4시밖에 안 됐는데 어디 간 거야, 뱀파이어 주제에.

나는 할 일이 없어져 블러드 씨가 누웠던 업소용 냉장고 안에 들어가 누웠다. 선풍기 괴담처럼 냉장고 문을 닫으면 왠지 산소 공급 중단으로 죽을까 봐 문을 열어뒀다. 살고 싶어서가 아니고, 배고픈 블러드 씨에게 피를 줘야 하는데 못 주면 안 되니까 그랬다. 냉장고 안은 생각보다 쾌적했다. 귀청을 시끄럽게 때리던 빗소리가 한결 부드러워졌고, 냉장고

특유의 인공적인 냄새도 나지 않았다. 내부 선반 구조 때문에 등 쪽이 약간 불편하긴 했지만, 거슬릴 정도는 아니었다. 크게 숨을 몇 번 들이쉬었다. 나도 모르게 까무룩 잠이 들었다.

"일어나. 죽었어? 야, 야."

나를 흔들어 깨운 건 윤수연이었다. 윤수연은 휴대전화 플래시를 내 두 눈에 번갈아 비춰보며 상태를 확인했다. 눈이 부셔 얼굴을 찡그리니 얼른 휴대전화를 치웠다.

"죽은 건 아니네."

"너, 뭐야. 어떻게 왔어?"

"뭐래. 주소 남겨놓고서. 웃겨 진짜."

생각해보니 나는 버스 안에서 장문의 카톡과 함께 주소를 남겼다. 주검으로 발견하면 그때 수습하라는 내용이었다. 비가 내리는 날씨로 감성이 풍부해졌던 당시에는 하나도 낯뜨겁지 않았는데 생각해보니 얼굴이 뜨거웠다. 사방이 지독하게 어두워서 다행이었다.

"뱀파이어는 어디 가고, 혼자 뱀파이어 놀이야?"

"있어. 오늘은 잠시 다른 곳으로 갔나 봐."

"너 진짜 이상해."

가까이 다가온 윤수연이 웃고 있는 게 느껴졌다. 내가 좋아하는 가지런한 이가 활짝 드러난 하트 모양의 웃는 입술. 나를 들뜨게 하고 자주 죄어오는 고통을 선사한 그 미소가 미웠다. 애증으로 뒤엉킨 내 마음을 모르는 사람처럼 윤수연은 내 팔목을 들어 유심히 상처를 관찰했다. 칼자국 위에 얹어진 새로운 흉터는 네 개의 타원형 모양이 위아래로 나 있었다.

"진짜 같기도 하고…… 믿을 수가 있어야지. 핀치로 뚫었던 거 같기도 하고."

"그래서 마늘 가져왔어?"

윤수연의 오른쪽 팔목에 걸린 검은 봉지에서 마늘 냄새가 후각을 자극했다. 윤수연이 눈을 흘겼다.

"진짜야. 진짜 기다리면 올 거야."

내 말에 윤수연은 더 말하지 않았다. 비를 맞고 왔는지 어깨를 떨길래 냉장고 안으로 들어오라고 했다. 아늑하다고. 꿈쩍도 하지 않을 것 같던 윤수연이 들어오려고 해서 나는 다리를 접고 반쪽을 내줬다. 두 무릎이 바짝 맞닿았다. 이 순간에는 블러드 씨가 오지 않았으면 했다.

"물리면 어떤 기분이야?"

윤수연의 질문에 나는 공터 바닥에서 블러드 씨에게 물렸던 날을 떠올렸다. 휴대전화 음악 재생 앱에서 비틀스의

〈Something〉을 틀었다. 금세 실내가 그들의 노랫말로 꽉 차서 넘실거렸다. 그리고 꽤 오랜만에, 아마 중학생 때 한 달 사귀고 헤어진 날 처절하게 붙잡은 이후 처음으로 윤수연의 팔목을 잡았다.

"해도 돼?"

장난기 가득한 윤수연이 호기심을 담아 고개를 끄덕였다. 내가 사랑하는 만큼만 꽉 깨물었다. 윤수연이 비명을 질렀다. 악! 멀리서 과격한 오토바이 엔진음이 들렸다. 토끼 눈을 뜨고 고개를 들자, 갑자기 윤수연이 키스를 해왔다. 검은 그림자가 현관을 지나 2층 계단을 터벅터벅 올라오는 것 같았으나 신경 쓰지 않았다. 혀끝에서 마늘 맛이 나는 것 같기도 하고 비릿한 피 맛이 나는 것 같기도 했다. 뱀파이어가 된 기분이었다.

낯선 두 세계 사이에서

소설가가 된 후 원래 장르물을 좋아했느냐는 질문을 가끔 받습니다. "아뇨, 어쩌다 보니 장르물로 데뷔하게 돼서 장르물 위주로 쓰게 되었습니다. 첫 단추가 엉뚱하게 끼워졌어요." 이렇게 대답하곤 합니다. 미스터리 스릴러 장편소설로 데뷔를 한 지 벌써 4년이란 시간이 흘렀습니다. 그사이에 저는 더 잘 쓰기 위해 장르소설을 열심히 읽었고, 그러다 장르소설을 사랑하게 되었습니다. 여기 한국 땅에서 장르소설 시장이 얼마나 좁은지 통감하면서 때로는 나도 유행하는 SF를 써야 할까, 아니면 감동 위주의 소설을 써야 할까 고민하면서 여기까지 왔습니다.

영화감독이자 소설가라고 저라는 사람을 소개하고 있지

만, 저는 영화감독 세계에서도 장르소설 세계에서도 늘 바깥에 자리한 외부인이라 여깁니다. 저에겐 이렇다 할 소속감이 없습니다. 우주를 떠돌다 불시착한 외계인처럼 두 가지 세계에서 늘 방황하곤 합니다. 눈치채셨나요? 제가 엮은 다섯 편의 소설은 전부 '외부에서 온 낯선 인물'들이 주인공입니다. 가정부, 귀신, 외계인, 멸종된 종족, 뱀파이어까지.

이 낯선 인물들은 본래 세계를 종횡무진하며 균열을 내고, 주인공들을 그전으로 되돌릴 수 없게 만듭니다. 소설 속저는 가정부이거나 때로는 뱀파이어였습니다. 그 작업이 무척 즐거웠습니다.

작년 이맘때 단편집의 원고를 송고했는데요. 해가 지난 이번 겨울에 교정 작업을 하게 되어, 《머큐리 테일》은 꼭 겨울에 태어난 아이 같습니다. 어딘가 비밀스럽고, 아련한 마음이 드네요. 마지막으로 항상 제일 먼저 제 소설을 읽어주는 정미에게 특별한 고마움을 전합니다.

한 해를 갈무리하는 겨울,
비틀스의 〈Something〉을 들으며
김달리

머큐리 테일

2025년 1월 22일 초판 1쇄 발행

지은이 김달리
펴낸이 이원주

콘텐츠개발실 정혜경, 홍윤선 **디자인** 정은예
마케팅실 양근모, 권금숙, 양봉호, 이도경 **온라인홍보팀** 신하은, 현나래, 최혜빈
디자인실 진미나, 윤민지 **디지털콘텐츠팀** 최은정 **해외기획팀** 우정민, 배혜림, 정혜인
경영지원실 강신우, 김현우, 이윤재 **제작팀** 이진영
펴낸곳 팩토리나인 **출판신고** 2006년 9월 25일 제406-2006-000210호
주소 서울시 마포구 월드컵북로 396 누리꿈스퀘어 비즈니스타워 18층
전화 02-6712-9800 **팩스** 02-6712-9810 **이메일** info@smpk.kr

ⓒ 김달리(저작권자와 맺은 특약에 따라 검인을 생략합니다)
ISBN 979-11-94246-63-3 (03810)

쌤앤파커스(Sam&Parkers)는 독자 여러분의 책에 관한 아이디어와 원고 투고를 설레는 마음으로 기
다리고 있습니다. 책으로 엮기를 원하는 아이디어가 있으신 분은 이메일 book@smpk.kr로 간단한
개요와 취지, 연락처 등을 보내주세요. 머뭇거리지 말고 문을 두드리세요. 길이 열립니다.